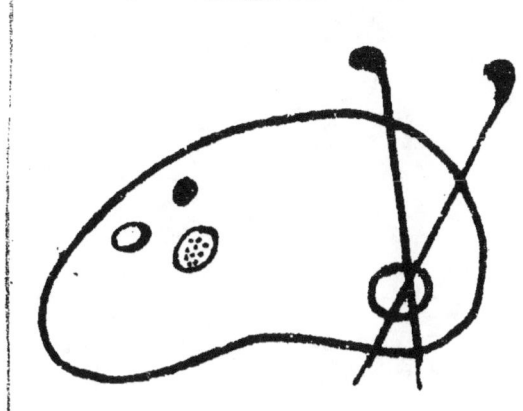

Couvertures supérieure et inférieure
en couleur

COUVERTURE SUPERIEURE ET INFERIEURE D'IMPRIMEUR

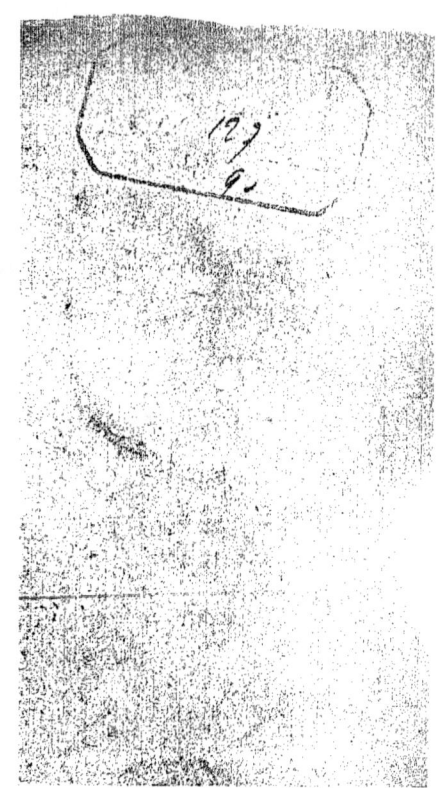

LA CONFESSION

D'UN FOU

DU MÊME AUTEUR

Les Gens qui s'amusent, nouvelles...... **3** fr. **50**

La Jupe, roman *(épuisé)*.

Cocquebins, roman *(épuisé)*.

L'Abbé Coqueluche *(Ma Province)*, roman
contemporain............................. **3** fr. **50**

En préparation :

Le Magot de l'oncle Cyrille *(Ma Province)*
roman contemporain...................... **3** fr. **50**

Prochainement :

Le ménage Boucher (pour faire suite à
l'*Abbé Coqueluche*.)

5652. — ABBEVILLE, TYP. ET STÉR A. RETAUX. — 1890.

LÉO TRÉZENIK

LA

CONFESSION
D'UN FOU

PARIS

PAUL OLLENDORFF, ÉDITEUR

28 *bis*, RUE RICHELIEU, 28 *bis*

—

1890

A Henry Gauthier-Villars

. ....

Comme on plante, au seuil des maisons normandes, un églantier qui grimpe et encadre l'huis, et dont les retombées de fleurs et de verdure ombragent et embaument le logis; ainsi, laissez-moi, mon cher

DÉDICACE.

*Henry, enguirlander de votre nom le fron-
tispice de mon livre, dans l'espoir que la
fleur toujours épanouie de votre vieille
amitié égaiera ces pages moroses.*

LÉO TRÉZENIK.

Janvier 1890.

En général, tout état singulier de l'intelligence doit être le sujet d'une monographie ; car il faut voir l'horloge dérangée pour distinguer les contre-poids et les rouages que nous ne remarquons pas dans l'horloge qui va bien.

(TAINE. — Préface de l'*Intelligence*.)

LA

CONFESSION D'UN FOU

PREMIÈRE PARTIE

I

Je sens que je deviens fou.

Cette phrase m'épouvante à écrire. Mais il faut bien que je m'habitue à l'épouvante, puisque je viens de prendre le parti, — le seul qui me reste, — de lutter corps à corps avec elle.

Je sens que je deviens fou!...

Voilà plus de deux ans que j'hésite à formuler cet aveu irréparable. Mais, aujourd'hui, il n'y a plus à reculer, il n'y a plus à

douter, les symptômes s'aggravent ; mon
seul, mon faible espoir est dans la lutte.
Peut-être, à force d'énergie, reculerai-je
la fatale échéance...

Avant tout, pour combattre un ennemi,
il faut reconnaître qu'il existe ; ensuite,
s'assurer des positions qu'il occupe.

Reconnaître qu'il existe, je viens de montrer ce courage. Je me suis avoué à moi-
même que je sentais la folie monter en moi.
Ah ! j'ai été long à me déterminer à cette
confession désespérée. Je me suis ingénié
pendant deux ans à trouver toutes sortes
d'explications lâches qui « n'étaient pas
ça », et je le savais bien. J'inventais des
migraines, j'alléguais des excès de travail,
des poussées congestives.., puis, sournoi-
sement, sous prétexte d'études techniques,
j'allais à Sainte-Anne, presque tous les dimanches matin, comparer les fous, les
vrais, ceux qui sont *finis*, enfermés, séparés du reste du monde, les comparer *à
moi ;* je mettais leur cerveau trouble et

déséquilibré à côté du mien, sur la même
balance, mon œil rivé à l'aiguille ; et, sans
m'avouer qu'une question se posait en moi,
je concluais tout bas que l'avantage était
encore de mon côté, puisque eux étaient
fous et ne voulaient pas l'être, et que moi
je ne l'étais pas encore tout à fait et que
j'étais apte encore à noter les plus légers
prodromes.

C'est justement pour conserver, sur les
fous de Sainte-Anne, cette supériorité d'a-
vouer ma folie, — de reconnaître les positions de l'ennemi, — que je me suis brusquement décidé à formuler cet aveu dans
ce journal, où, jour par jour pour ainsi
dire, je vais tâter le pouls à mon cerveau,
et enregistrer méticuleusement les plus
petits progrès de la maladie — en dépit
de l'épouvante qui va faire trembler ma
plume dans ma main.

Je vais procéder vis-à-vis de moi-même
comme un médecin vis-à-vis de son malade, fouiller dans ma vie passée, scruter

les antécédents, interroger l'héréd.té afin
d'exhumer des ténèbres et des lointains où
elle se cache d'ordinaire, la *cause* du Mal,
assurément faite d'un amas de petites rai-
sons, d'une accumulation de petits motifs
s'ajoutant les uns aux autres d'année en
année pour aboutir à l'*effet* présent. De
cette façon je trouverai le point faible de
mon organisation, le défaut de la cuirasse,
l'endroit précis où j'ai été frappé, et peut-
être trouverai-je également, s'il en est
temps encore, le moyen, sinon d'enrayer
complètement la marche de la Maladie, du
moins de l'empêcher de galoper.

J'ai pour moi, outre cet avantage de reconnaître et de m'avouer mon état, le pri-
vilège de posséder, pour cette lutte sans
merci dont je serai le vaincu, forcément,
mais que je prolongerai au delà de toute
prévision, j'ai pour moi une arme pré-
cieuse, d'une trempe solide, à l'épreuve
des chocs. Je veux parler de la Volonté.
L'Intelligence, je l'ai encore, mais elle

chancelle, et, certains jours, son acuité
s'émousse : je vois les choses comme à travers une brume. Eh bien, grâce à Ma volonté, je puis encore, après un effort, il est
vrai, pénible, souffler sur cette brume et
débarrasser mon cerveau des derniers flo-
cons qui traînent çà et là! Tant que je serai en possession de Ma volonté, je défie
la folie de me terrasser complètement.

Du reste, — je puis bien le confesser,
aujourd'hui que je suis entré dans la voie
des aveux, — je serais fou depuis plus d'un
an, mais fou à camisoler de force, sans cette
volonté. J'ai eu à me colleter avec des im-
pulsions terribles, il y a eu en moi une
lutte atroce, dix secondes peut-être, mais
quelles angoisses ! Si je n'avais pas eu
l'âme énergiquement trempée, j'étais perdu, je commettais l'acte irréparable qui
donnait le droit à la société de m'enfermer.
J'ai résisté, j'ai lutté, j'ai vaincu ; j'ai mu-
selé l'étrange bête qui grondait en moi.
Ce jour-là, j'ai compris la « possession ».

I

Evidemment, pendant dix secondes j'ai été possédé. Par quoi, ou par qui ? C'est à peine si j'ose descendre au fond des ténèbres de cette question, tant j'ai peur que la Bête, l'Être, l'Esprit, ce Quoi ? ou ce Qui ? enfin, n'existe en réalité, et ne soit simplement endormi en moi, et n'aille se réveiller, et qu'il faille entrer en lutte avec *lui*... Oui, j'ai peur ! Et pourtant je suis armé, je le sais : j'ai une volonté qui ne pliera pas. Là est le salut peut-être.

Les médecins ont un mot charmant pour désigner les nerveux, les cérébropathes, ceux qui sont les locataires probables de Vaucluse ou de Sainte-Anne. Ils les qualifient de *candidats à la folie*. Voyons donc si ma candidature, à moi, a été posée par mes ascendants ; s'ils ont eu, pour le moins, l'amabilité de me préparer les voies.

Presque tous mes parents sont morts frappés par le cerveau.

Je suis né en province, à Saint-Roch,

sur les confins du Perche et de la Normandie.

On a souvent conté à mon enfance, en ces heures de curiosité scruteuse où l'on aime à remonter dans le passé et à sonder les mystères de la généalogie, si pleins d'intérêt pour les enfants, que la grand'-mère de ma grand'mère avait été déesse Raison en 1793. « Oh ! mais, malgré elle ! » protestait avec dignité ma grand'mère, qui me racontait cela comme elle m'aurait raconté un conte de fée, — et c'était bien un conte de fée pour moi que cette histoire mouvementée où, même, il y avait eu du sang répandu, mon trisaïeul ayant tenté de s'opposer, les armes à la main, à l'envahissement de son logis par la horde révolutionnaire.

Déesse Raison ! N'est-ce pas curieux de rapprocher de la trisaïeule « Déesse Raison » l'arrière-petit-fils, *candidat à la folie !*

Le fils de la Déesse Raison, mon bisaïeul

Jean Barban, est mort « d'excès », d'après
ce que j'ai entendu dire. D' « excès », ce
n'est guère précis. Est-ce une simple mé-
taphore de province, ou un discret euphémisme pour voiler un coup de folie ?

Tout ce que je sais de lui, c'est qu'en-
voyé un jour par sa femme recueillir au
Mans un héritage d'une dizaine de mille
francs, le bonhomme, au lieu de revenir
avec son petit magot intact, l'éventra cyni-
quement et dévora jusqu'au dernier écu en
compagnie d'une douzaine de drôlesses de
la ville. C'est le seul trait de la vie de cet
aimable fantaisiste que la chronique ait pu
m'apprendre.

Son fils (mon grand-père), que ma mère
n'a même pas connu, est mort tout jeune,
laissant veuve ma grand'mère à vingt-deux
ans. Il mourut à la suite d'une *émotion*,
foudroyé en trois heures par une hémor-
ragie cérébrale. Ma grand'mère qui l'ado-
rait ne s'en consola jamais. Elle eut ce
qu'on appelle vulgairement les sangs tour-

nés. Qu'est-ce, cela, les *sangs tournés?*
Les médecins, au lieu d'expliquer le fait,
qui existe, le nient à peu près en haussant
doucement les épaules. Pourtant, en dépit
de toute négation, ma grand'mère a eu les
sangs tournés. Elle resta d'une santé chancelante jusqu'au jour où, huit ou dix ans
après la mort de son mari, elle fut prise
d'une petite vérole « noire » qui se com-
pliqua subitement d'un transport au cerveau, — *au cerveau,* je souligne, — et qui
l'emporta en quarante-huit heures. Ma
mère, Héloïse Barban, avait alors douze
ans. Elle fut recueillie par une parente
éloignée qui se hâta de la marier sitôt
qu'elle eut atteint l'âge.

Du côté de mon père, il n'y a rien, parce
qu'on ne sait rien. J'ai pu, bribe à bribe,
reconstituer l'histoire de ma famille mater-
nelle, grâce à des racontars recueillis çà et
là, de la bouche de quelques vieux du
pays qui l'avaient connue, mais mon père
est de la campagne ; et sa famille, usée

par les travaux de la terre, est éteinte ;
il ne lui reste même pas un cousin.

Il a dû être orphelin de bonne heure, je
ne sais trop par quelles causes, et il est
mort avant que j'aie eu le loisir de l'interroger, puisque cette mort survint durant
ma quinzième année.

Il paraît que je n'avais pas « la vie à
deux jours » lorsque je suis né. Ma mère
refusa énergiquement de me laisser em-
porter en nourrice en dépit des instances
du médecin.

— Mais vous n'aurez pas deux gouttes
de lait, madame.

Mon père, égoïste comme la plupart
des hommes, redoutait le bruit des enfants
et tous les tracas qui sont d'ordinaire la
conséquence de l'élevage à la maison ;
aussi l'appuya-t-il fortement, mais ma
mère tint bon. Elle portait, du reste, les
« culottes », car mon père, qui dans la vie
avait pris de bonne heure l'habitude de
tout sacrifier à sa tranquillité, lui laissait

sans discussion la direction exclusive de la
maison.

— Le pauvre petit, dit ma mère, *ch'ti*
comme il est, il n'y ferait pas de vieux os,
en nourrice !

Et je restai.

———

Mes parents étaient aussi différents au physique qu'au moral. Mon père ressemblait assez à un œuf d'un bout duquel des jambes sortaient, courtes et fortes, alors qu'émergeait de l'autre bout une tête rougeaude, complètement ronde, sans un poil de barbe et coiffée de cheveux très rares, ce qui lui donnait l'air d'un prêtre obèse déguisé en civil. Il avait les paupières lourdes, soufflées, la bouche commune et

le menton vulgaire, mais ses yeux bril-
laient d'un éclat très vif qui augmentait
encore quand il regardait les femmes, pour
lesquelles, pourtant, il affectait un mépris
tout biblique.

Mon père était bigot ; il avait une religion composée d'une foule de petites pra-
tiques niaises, une religion *gnian-gnian*,
pleurarde, coupée de sorties virulentes
contre les « ennemis de notre Sainte
religion » ; il communiait deux fois par an
d'un air papelard, comme terrassé de
respect à l'idée que Dieu descendait en
lui. Il avait une foi aveugle dans les mira-
cles ; la maison était pleine de bonnes
vierges, bleues et blanches, de christs
rosâtres aux plaies sanguinolentes, de
tableaux pieux, de petits cadres-reliquai-
res étiquetant, sous de petits verres bom-
bés cravatés de papier azur, des pous-
sières blanchâtres que les inscriptions
déclaraient « particules osseuses » de saint
Huntel ou Tel. Dans les angles obscurs

de tous les corridors, des cierges minus-
cules et falots fuliginaient de chaque côté
d'un petit autel doré édifié sur une petite
étagère. Il portait, cousues à son scapulaire, des brochettes de médailles bénites
dans toutes sortes de chapelles miracu-
leuses.

Il ne dédaignait pas la bonne chère
pourtant et les plaisanteries un peu épicées,
entre la poire et le fromage, et recevait
souvent des amis à dîner pour avoir l'occasion et le prétexte de corser sérieu-
sement le maigre menu quotidien.

Ma mère était une petite femme sèche
et rigide qui ne riait jamais. Elle avait
épousé mon père parce qu'on lui avait dit
qu'il *fallait* se marier, et elle avait accom-
pli son devoir sans répugnance, sans
enthousiasme aussi, simplement parce qu'il
le *fallait*. Elle considérait l'amour comme
une chose inavouable, honteuse ; traitait de
« saletés » les femmes qui vivaient hors
mariage, tout en s'étonnant naïvement

qu'il pût se trouver des créatures capables
d'accomplir, sans y être forcées par le
Sacrement, ce qu'elle appelait (peut-être
en mémoire du Saint-Esprit) l'*opération*
du mariage. « Ces femmes-là » avaient tous
ses mépris et tous ses dégoûts. Naturellement, mon père et ma mère ne s'aimaient
pas « d'amour » ; ma mère aurait été confuse d'une telle supposition. Peut-être que
mon père... mais ma mère était si peu
femme, charnellement parlant, que mon
père dut se borner à l'exécution stricte de
son devoir. Ma mère était tellement « plate »
qu'elle portait des bretelles pour tenir ses
jupons, et qu'elle retirait aisément son
corset sans le dégrafer, en le faisant couler
le long de l'absence de ses hanches. Il faut
dire qu'elle ne se serrait pas. Si peu, qu'elle
était aussi large de la taille que des épaules. Sa robe noire, à l'endroit des seins
avait deux petits froncés en éventail qui
faisaient flotter une apparence de poitrine ;
mais comme elle était un peu « hottue »,

les petits froncés godaient presque toujours en dedans, de sorte qu'elle paraissait
avoir en creux ce que les autres femmes
possèdent en relief.

Les auteurs de mes jours ne trouvaient
absolument rien chez l'un comme chez
l'autre qui les excitât. à l'amour. C'est
peut-être pour cela qu'il n'y eut jamais
entre eux de moments d'abandon, de ten-
dresse, d'intimité caressante. Même dans
le tête à tête des draps, ma mère n'inter-
pellait jamais mon père que de cette
façon :

— Dis donc, Monsieur Daucy.

Je n'ai jamais entendu ma mère nommer
mon père, devant lui comme en son absence, autrement que *Monsieur Daucy*.

Ma mère avait toutes les petites qualités
de la femme d'intérieur. Elle était « or-
drée » jusqu'à la minutie, économe, — re-
gardante, comme on dit dans le pays, —
usqu'à la lésinerie. Bien que mes parents
ussent tout à fait à leur aise, la grande

préoccupation de ma mère était de ra-
battre quelques sous sur les achats qu'elle
faisait elle-même, ne voulant pas confier
cette délicate mission à la bonne. Elle
marchandait toujours, quel que fût le prix
proposé ; elle marchandait par principe.
Chaque fois, lorsqu'elle revenait du mar-
ché, elle disait avec satisfaction à mon
père :

— Devine combien j'ai payé ce lapin-
là ?

— J'sais pas moi, trois francs, répondait à tout hasard mon père qui ne s'en
souciait pas autrement.

Et ma mère haussait les épaules avec un
air de commisération.

— Ah! les hommes, ça s'y connaît à
acheter, oui, comme moi à ramer des
choux! Eh bien, la bonne femme me l'a fait
trente-cinq sous, je lui en ai donné vingt-
cinq, et je l'ai eu pour vingt-sept!

Je m'attarde avec ravissement dans ces
souvenirs, pour bien me persuader que

chez ma mère, au moins, il n'y a pas le
moindre germe de cérébropathie. Elle
était au contraire d'un esprit pondéré,
calme, sagace pour les choses courantes,
pleine de bon sens. Elle ne voyait la vie ni
en rose, ni en noir, mais comme elle est,
en gris. Elle ne demandait pas aux événements plus de bonheur qu'ils n'en peuvent
fournir, ni aux gens plus de dévouement
qu'ils n'en peuvent donner.

— On n'est pas sur la terre pour être
heureux, mais pour faire son salut, disait-
elle.

Elle était, dans les discussions, de la
plus naïve mauvaise foi, n'écoutant jamais
les arguments qu'on lui apportait, pour la
raison que son interlocuteur était toujours
jugé d'avance; lui donnant en principe raison s'il était « religieux », et tort, s'il était
impie. Du reste, elle rapportait tout à la
religion, et ses opinions, le peu qu'elle
en possédait, avaient la religion pour base.
Les vertus qu'elle pratiquait le moins,

sans s'en douter, étaient la charité chré-
tienne et l'humilité ; elle était si persuadée
d'avoir éternellement raison, quand elle
décidait, avec la religion pour criterium :
« ceci est bien, ceci est mal ; celui-ci a
raison, celui-là a tort ! » Il me semble toujours l'entendre dire, de son ton net, un
peu cassant :

— Oh ! monsieur, je vous demande in-
finiment pardon.

Quelle onctueuse ironie, tout empreinte
de condescendance supérieure, elle mettait dans cet adverbe, qu'elle prononçait
doucement, en découpant les syllabes :
in-fi-ni-ment, en pinçant ses lèvres minces,
de côté, dans un petit rictus très impres-
sionnant pour moi, accompagné d'un léger
clignement hautain de ses yeux glauques,
au regard froid, dans un petit rictus qui
persistait sur sa bouche, la phrase une fois
dite, et s'aiguisait encore.

Ma première enfance fut malingre, souf-

freteuse. Il semblait que la vie fît des façons pour s'installer en moi. Mon premier
signe d'existence fut un éternuement, mais
je ne criai pas, ce qui étonna tout le
monde. La matrone qui soignait ma mère
dit rudement que si je ne criais pas, c'est
que je n'en avais pas la force. Il paraît que
pendant plus de deux mois, quand on parlait de moi dans le quartier, on m'appelait
le « p'tit mort ». Les commères abordaient
la matrone toujours de la même façon :

— Et ben, vou't'e p'tit mô ? qué qu'vous
en faites ?

Pour mettre tous les atouts dans son jeu,
ma mère ordonna de me ceindre le cou
d'un ruban de soie contre les convulsions,
d'un collier d'ambre contre le croup, d'un
scapulaire du Mont-Carmel doublé d'un
Sacré-Cœur de Jésus, pour me placer sous
la protection de « Notre-Seigneur ». Entre
le scapulaire et la flanelle rouge du Sacré-
Cœur, on cousit une médaille de la Déli-
vrande, une de la Salette, une de Lourdes,

une de Chartres, une de Notre-Dame des
Victoires. Enfin, ma mère, pour conclure,
déclara :

— Dis donc, monsieur Daucy, je crois
que nous ferions bien, pour être agréables
à la Sainte-Vierge, de vouer Marie-Joseph
au blanc ?

— Tu as raison, madame Daucy, répondit simplement mon père, suivant son
habitude.

Marie-Joseph! ce nom a été le cauchemar de mon adolescence !

Le ruban de soie me préserva peut-être
des convulsions et le collier d'ambre du
croup, mais dans la grappe d'amulettes
profanes ou religieuses qui tintinnabulaient
à mon cou, on oublia assurément celle qui
devait m'empêcher d'être nerveux. Car je
fus, et tout de suite, incurablement nerveux. Ce nervosisme avait un caractère
spécial. C'était plutôt une exaltation de la
sensibilité que le nervosisme crispé, grin-
çant et grimaçant dont la plupart des en-

fants sont coutumiers. Ma névropathie, à
moi, se manifestait sous forme de crises de
larmes subites et irrésistibles dans certains
cas particuliers bien déterminés et toujours les mêmes. Les bruits stridents
m'exaspéraient ; les bruits graves et alan-
guis, les airs tristes de violon, de flûte, me
faisaient pleurer. Mes crises de larmes
avaient toutefois deux causes principales.
La première, c'est l'ululement, l'hiver, du
vent sous les portes. Sitôt que j'entendais
le vouvououou de la rafale, j'allongeais
mon petit bec en moue éplorée, semblant
demander grâce et supplier le vent de taire
sa musique mélancolique ; et comme les
vouvououou s'accentuaient, la moue s'al-
longeait encore, un déluge de larmes jail-
lissait de mes paupières qui se fermaient
d'épouvante. On fut obligé de calfeutrer
de bourrelets toutes les portes et toutes
les fenêtres de la maison.

Cette grande tristesse, noyée de pleurs,
se brisait tout à coup en sanglots éperdus,

lorsque mon regard rencontrait, par les
nuits claires, le globe opalin de la lune
flottant dans les espaces bleus. Cet effroi
de la lune me tint longtemps ; et, aujour-
d'hui encore, je préfère ne pas fixer la
narquoise figure qui sourit de guingois
par les minuits tranquilles et silencieux.

J'ai enduré jusqu'à sept ans l'odieux sup-
plice d'être habillé, tout seul, de blanc,
implacablement. *Tout seul.* L'enfant a horreur de tout ce qui le singularise ; sa timi-
dité s'effraie de tout ce qui le désigne au
regard. Être comme les autres, faire
comme les autres, est sa grande préoccupation. L'entraînement de l'exemple est
irrésistible chez lui. S'il se cabre si violemment contre une injustice, c'est qu'il se
voit l'objet d'une mesure spéciale ; et cela
est si vrai qu'il en veut encore moins à celui qui le punit à tort qu'à celui qui le punit pour une faute qu'*un autre* a pu commettre impunément.

Il est des enfants dont l'âme a été irré-

médiablement ulcérée parce que, placés
par leurs parents dans une pension au-
dessus de leur position, ils se sont trou-
vés moins bien habillés que les autres.
L'uniforme en usage dans les collèges
est une excellente chose, parce que cela
efface les distances.

Or, jusqu'à sept ans, j'ai toujours eu
l'air, moi, de marcher dans un déguise-
ment. De nombreux crétins refusent à
l'enfant le droit de penser avant cet âge,
qui est l'âge de raison, pour l'Église. Je
n'ai point à chercher si l'enfant n'a pas,
avant sept ans, la responsabilité de ses
actes, mais ce dont je suis sûr, c'est que
bien avant l'âge dit de raison, l'enfant sent,
compare et souffre. Et moi, j'ai souffert.
J'ai souffert de n'avoir jamais rien fait
comme les autres, souffert de n'avoir pas
de petits camarades comme les autres,
souffert de ne pas pouvoir descendre
dans la rue comme les autres, souffert de
ce que ma mère ne me laissait pas jouer

comme les autres, souffert d'entendre sa voix aigre glapir soudain, lorsque j'avais réussi à m'échapper :

— Ah ! mon Dieu, le voilà-t-y dans un état, une robe toute blanche de ce matin ! Et ses bas ! tout pleins de boue. Ah ! Marie-Joseph, malheureux enfant, tu me feras mourir de chagrin.

Et puis, pour avoir un argument de plus, un argument irrésistible, elle me râclait le front de son long doigt maigre et s'écriait :

— Ah ! mon Dieu ! mon Dieu ! tiens, regarde, monsieur Daucy, il est tout « en nage ».

— Oui, Marie-Joseph, tu es tout en nage, disait placidement mon père. Allons ! assieds-toi là, pour te *rachalir* un peu.

Du reste, j'en revenais toujours très froissé, de la rue. Les autres m'admettaient difficilement dans leurs jeux.

— Ah ! oui, et puis si on te chiffonne tes jupes, ta mère va crier.

Mes jupes ! Comme cela me sonnait douloureusement à l'oreille ! Et comme j'avais conscience de la tache bête que faisaient ces jupes, immuablement blanches, dans le grouillement foncé des autres enfants !

Il y en eut même un qui me répondit cruellement un jour :

— Et pis, d'abord, *les filles* ne viennent pas jouer avec les garçons.

Une fille ! oui, j'étais une fille ! J'avais des jupes comme une fille ! Je m'appelais Marie, comme une fille !...

Je pleurai bien longtemps, ce jour-là, et mes larmes étaient bien amères. Ce fut mon premier gros chagrin... Et je puis bien avouer, — puisque cet aveu est pour moi seul, — que cette blessure faite à mon amour-propre — aujourd'hui cicatrisée — a encore parfois, quand mon doigt y appuie, des élancements douloureux...

III

J'ai remarqué que lorsque se pose, entre gens compétents, l'ayant retournée sous toutes ses faces, cette question : « doit-on mettre son enfant en pension, ou l'envoyer au cours en qualité d'externe ? », il y a toujours deux réponses, contradictoires et également affirmatives.

Oui, disent ceux-ci, *il faut* l'envoyer ; l'internat est nécessaire à la formation d'une intelligence et surtout d'un caractère, l'enfant a besoin du frottement des autres.

Non, disent ceux-là, si vous le pouvez, gardez votre enfant chez vous. Rien ne vaut l'éducation de la famille. L'internat c'est l'uniforme en tant que costume, c'est aussi l'uniforme au moral ; vous désoriginaliserez votre enfant presque à coup sûr et vous risquez de le perdre.

Le : *il faut* des premiers me rappelle analogiquement, je ne sais pourquoi, le : « le lapin *demande* à être écorché vif » de la *Cuisinière bourgeoise*.

Mais je n'ai pas à prendre parti dans la querelle ; ce n'est pas une thèse que je soutiens ici, puisque c'est une confession que je me fais à moi-même, et une simple *observation médicale* que j'ai entrepris de pousser jusqu'au bout. Bornons-nous donc à noter ce que j'y ai, moi, gagné ou perdu.

J'absous mes parents de m'avoir mis en pension, mais je ne les en remercie pas. Je les absous parce que c'est mon intérêt qu'ils avaient en vue, de la meilleure foi du monde. Et qui donc, sans avoir beaucoup souffert, peut deviner que toute idée nouvelle qui vous entre dans le cerveau sera plus tard une cause de souffrance ?

En province, parmi les trois aristocraties : celle de la naissance, celle de l'argent, celle de l'instruction, c'est peut-être la dernière pour laquelle on a le plus d'attraits et de considération. Il est vrai que la province a un peu, pour celle de la naissance, de ce mépris qu'avait le renard de la fable pour les raisins « trop verts ».

Les provinciaux finissent parfois par arriver à l'aristocratie de l'argent, encore est-ce beaucoup plus grâce à une économie féroce que par le travail ou la spéculation ; et leur vanité souhaite pour leurs fils l'aristocratie de l'instruction, beaucoup parce qu'ils savent que c'est la seule à laquelle ils puissent prétendre, beaucoup aussi parce qu'ils sont sagement persuadés que l'argent ne mène à tout que lorsqu'il a l'instruction pour compagne de route.

Mes parents habitaient Saint-Roch, un petit canton du Haut-Perche, privilégié, par hasard, d'une excellente école primaire. J'y pus faire d'assez bonnes études de français, mais on n'y enseignait pas le latin. Et mon père tenait essentiellement à ce que je fisse ce qu'il appelait mes « humanités ».

— Vois-tu, madame Daucy, on n'arrive actuellement à rien, sans latin. Marie-Joseph est intelligent, il apprend facilement, on pourra peut-être en faire un docteur.

Jamais jusqu'à ce jour mon père n'avait donné son avis le premier. Ma mère en fut si stupéfaite qu'elle ne songea même pas à discuter. Et il fut décidé que je serais docteur. Dès lors, on ne m'appela plus que « docteur », avec emphase, avec ostentation.

— Dis donc, docteur ! — Ne coupe donc

pas tes ongles avec tes dents, docteur !

Les commères en colportèrent la nouvelle avec force commentaires.

— Ah ! mais ! vous ne savez pas ? le petit
Daucy qui sera docteur.

— Docteur !

— Oui, docteur ! C'est sa mère qui est
heureuse !

On y attachait d'autant plus d'importance que le pays, jusqu'à présent, en
dehors des enfants qui « prenaient l'état
de leur père », fournissait principalement,
comme vocation, des perruquiers. Tous
les perruquiers, à dix lieues à la ronde,
venaient du chef-lieu de canton. Saint-
Roch n'avait pu fournir de personnages
plus marquants.

Et maintenant voilà qu'il allait y avoir
un *docteur !*

L'instituteur, consulté, affirma que ce
n'était pas téméraire de me pousser vers
de si hautes destinées. Il dit à mon père :

— Le gaillard a du jarret, il ira loin.

Le vicaire de Saint-Roch fut donc chargé de me « commencer » le latin.

Les parents se trompent toujours, parce qu'ils ambitionnent, pour leur progéniture, une situation supérieure à la leur. Rester dans son milieu est le commencement de la sagesse ; si tous les fils faisaient ce qu'ont fait leur père, il y aurait bien moins de déclassés. Il ne se produirait pas ce déséquilibrement de la société, pléthorique d'un côté, anémique de l'autre, dont la conséquence logique et inéluctable est la mort du vieux monde. La source du mal est tout en bas, dans les couches d'*assises*. Le déplacement, le flottement, les tentatives d'acheminement en haut de ces couches fondamentales, compromettent l'équilibre de l'édifice tout entier. Son écroulement n'est plus maintenant qu'une affaire d'heures. Le moindre coup de rafale dans les sommets jettera tout par terre.

Ainsi, moi, si, comme mon père, j'avais vendu aux bourgeois de Saint-Roch et

aux paysans des environs des services en
« terre de fer » et des dessus de cheminée,
des couronnes d'oranger sous verre et des
« cochelins » de mariées, je serais actuellement l'époux placide de quelque grosse
niaise provinciale sans esprit mais sans
malice, qui me comblerait de petits plats
fins et de progéniture ; j'ignorerais Bourget
et tous les psychologues, je serais abonné,
comme mon père, au *Petit Moniteur* ; je
saurais que quand le temps est rouge
c'est signe de vent, et que lorsqu'il est
pommelé il est, « comme fille fardée », de
courte durée..., mais je ne serais pas en
train de préparer ma valise pour Sainte-
Anne...

Le prêtre qui me donna les premières
leçons de latin, l'abbé Desmares, avait
obtenu comme une grâce, de l'évêché, de
ne jamais quitter Saint-Roch ; il puait
abominablement le rance, le tabac et la
crasse. Sa chambre, où, deux fois par jour,

2.

je venais prendre une leçon, était éclairée
par une fenêtre et une porte-fenêtre donnant de plain pied dans le jardin du presbytère. Son lit, avec un immense placard
garde-robe, tenait tout le fond. Il resta
quelque chose comme quarante ans à
Saint-Roch. Pendant quarante ans, la
vieille bonne du presbytère n'entra pas une
seule fois dans son antre. Il faisait son lit
lui-même, quand on changeait les draps, à
peu près six fois par an ; il ne voulait pas
qu'on touchât à un seul de ses bibelots, à
aucun de ses meubles, qu'on déplaçât une
seule de ses chaises toutes encombrées de
vieux livres. Pendant quarante ans, l'abbé
ne permit ni un coup de balai ni un coup
de plumeau ; quand il prenait un livre sur
un meuble, il en tapait les plats de la main
pour en faire tomber la poussière et soufflait sur les tranches, voilà tout.

Un jour que j'essuyais discrètement du
doigt le marbre de la commode pour y
poser mon chapeau, il se mit à toussoter

tout à coup un petit rire sec et goguenard,
qui crispa comiquement sa petite face
grassouillette, creusée de rides profondes.
Et il me dit, en se tamponnant violemment
les narines de tabac :

— La poussière t'offusque, petit. *Memento*, pourtant, *quia pulvis es, et in pul-
verem reverteris*. Le latin est mauvais, je
ne t'engage même pas à employer cette
forme dans tes thèmes : *Memento quia*,
mais le conseil est bon. C'est l'esprit qu'il
faut voir, et non la lettre : « L'esprit vivifie,
la lettre tue ». Après ça, tu me diras
que, la poussière, ça va encore, mais les
punaises !... Et je réponds *illico* que tu
n'es point fondé à te plaindre, ces char-
mantes bestioles du bon Dieu nichent dans
mon bois de lit, respectueuses d'ailleurs
de ma vieille peau ; elles s'aventurent rare-
ment jusqu'à la fenêtre...

Il aspira bruyamment une nouvelle prise
et continua :

— Le psalmiste a dit que le commen-

cement de la sagesse, c'est la crainte du
Seigneur. *Initium sapientiæ timor Domini.*
Commencer par là, c'est très juste; eh bien,
petit, pour continuer à être sage il faut
redouter la femme. Si, plus tard, tu ne
réussis pas à te garer de la femme, tu es
perdu. La femme, c'est tout ensemble
Ève, la Pomme et le Serpent. Il faut lui
barrer ta porte, il faut élever entre elle et
toi une barrière infranchissable. Mais pour
cela, ce n'est pas toi qu'il faut dégoûter
d'elle, ce sera peut-être au-dessus de tes
forces, c'est elle qu'il faut dégoûter de toi.
Retiens ce que je te dis là, tu comprendras
peut-être plus tard. *Cave mulierem.*

En effet, j'ai retenu et j'ai compris.

En attendant. j'ai ravalé pendant deux
ans mes nausées, et ces deux ans m'ont
été douloureux et oppressifs comme deux
ans de cauchemars.

Je ne parle pas d'ailleurs au figuré.

Parmi les volumes qui gisaient de
ci de là, en piles écroulées, sous des

vérandas de toiles d'araignées, ma curiosité, éveillée par les enluminures assez
décolletées de la couverture, avait guigné
depuis longtemps un bouquin étrange, que
je pus enfin un jour feuilleter une seconde
pendant une courte absence du prêtre,
puis parcourir ensuite plus à loisir en m'in-
troduisant dans sa chambre aux heures où
je le savais pertinemment absent.

Ce fut pour moi un livre aussi révélateur
que troublant, encore que le chemin suivi
pour arriver à une aube de vérité fût
invraisemblablement détourné. C'était un
traité sur la « possession démoniaque »,
avec force détails sur les incubes et les
succubes. Je fus irrémédiablement bouleversé par ces lectures qui m'épouvantaient,
mais à l'horreur fascinante desquelles je
trouvais un attrait irrésistible. Le livre
était illustré de croquis qui éclairaient
lumineusement les obscurités que le texte
pouvait encore offrir à mon ignorance.

— Depuis que Marie-Joseph a com

mencé le latin, observa un jour sagacement
mon père, remarques-tu, madame Daucy,
il n'est plus le même ; le voilà sérieux,
réfléchi... Je crois que nous en ferons
quelque chose.

IV

Je n'étais plus le même, en effet. Toutes
les nuits, maintenant, j'avais des cauchemars. Je poussais tout d'un coup des cris
horribles qui réveillaient toute la maison,
et quand mon père arrivait à mon chevet
il me trouvait assis sur mon lit, les yeux
hagards, les cheveux collés au front par
une sueur froide qui me roulait sur les
joues en gouttes énormes, et je lui mon-
trais, haletant et la voix rauque de terreur,

un diable cornu, armé d'un trident, qui
planait au-dessus de ma couche, me mena-
çant de sa fourche... Les bougies allumées,
je le voyais toujours, et parfois, après une
demi-heure de tentatives vaines pour me
rassurer, mon père était obligé de m'em-
porter dans son lit pour que la vision
s'effaçât. Et elle s'effaçait aussitôt que je
sortais de la chambre.

Puis les cauchemars s'apaisèrent. Il y
eut une période d'accalmie, très courte
d'ailleurs. Mon trouble cérébral, — dont
la folie doit être le terme final, — allait
prendre une autre forme.

Ma chambre donnait sur le palier du
premier étage, juste en face la baie de l'escalier : à gauche, la chambre de mes
parents ; à droite le trou noir d'un long
corridor desservant des magasins de
réserve. L'escalier s'éclairait par la vitre
d'une imposte prenant jour sur la boutique ;
et comme mon lit s'adossait au mur, juste
en face de ma porte, toujours ouverte à

cause de mes cauchemars, lorsque mes
yeux s'ouvraient, le soir, après que j'avais
soufflé ma lumière, mon regard vaguait
dans le rectangle lumineux que découpait,
à angles vifs, la baie de l'escalier, quand
mes parents restaient dans le petit comp-
toir vitré du magasin à établir leurs
comptes jusqu'à minuit.

Un soir, je venais à peine de m'endor-
mir, lorsque je fus réveillé par une sensation de malaise étrange ; j'avais au creux
de l'estomac comme l'impression de suffo-
cation produite par un animal, un petit
chat, qui se serait endormi, en rond, sur
ma poitrine. J'y posai la main avec hésitation, appréhendant de trouver là un
animal inconnu, — nous ne possédions pas
de chat,— mais ma main ne rencontra rien.
Pourtant, j'avais ouvert les yeux, anéanti
par cette oppression qui de la poitrine me
montait à la gorge et me coupait presque
la respiration. Tout à coup, du trou noir
du corridor, je vis jaillir un bras agitant

3

une longue main osseuse aux doigts pointus ; immédiatement, comme répondant à ce signal, une silhouette noire sortit de la chambre de mes parents, un peu courbée comme quelqu'un qui cherche à étouffer le bruit de ses pas ; puis deux autres personnages se montrèrent sur le palier, et tous les quatre disparurent dans le corridor. Mais tout cela était juste assez net pour que je sois sûr de voir, pas assez pour que je puisse déterminer exactement à quels êtres, revenants ou voleurs, j'avais affaire. Toutefois, l'idée que ce pouvait être des voleurs me vint tout d'abord, et je poussai un cri strident qui fit accourir mon père et ma mère. Mon père fit le simulacre d'aller inspecter le corridor et les greniers, pour me rassurer, tandis que ma mère ne cessait de me répéter :

— Allons ! dors, mon petit, tu étais en train de rêver ; c'est un cauchemar.

Je suppliai qu'on me laissât une bougie,

bien certain d'avoir *vu*, et je m'exténuai à
lire jusqu'à l'aube ; alors, je m'endormis.

A partir de ce moment jusqu'au jour
où je partis pour le collège, c'est-à-dire
pendant un an, j'eus presque chaque soir
des hallucinations. Insouci ou manque d'intelligence, — ou bien tenaient-ils le récit
de mes peurs pour exagéré, — il ne vint
pas à l'idée de mes parents d'essayer,
pour me guérir, de ces deux moyens si
simples : me changer de chambre et me
donner une veilleuse pour la nuit. J'ai
croupi, — je ne trouve pas d'autre expression pour rendre ma pensée, — j'ai *croupi
dans la terreur* pendant toute une année,
me relevant tout blême de ces nuits
hagardes où, pour me dérober aux affres
inévitables des hallucinations quotidiennes,
je lisais jusqu'à l'aurore des feuilletons
stupides qui m'occupaient l'imagination
tout en la meublant, hélas ! d'idées bêtes
et fausses sur la vie, les hommes et les
choses. Et quand, parfois, surprenant la

lueur de ma bougie qui filtrait sous sa
porte, mon père se levait, pour éteindre,
d'autorité, ma lumière, tout en gromme-
lant, en présence d'une timide objection
de ma part : — Allons donc ! est-ce qu'on
a peur à ton âge, grand bêta ; — quand,
retombé dans la nuit opaque, j'entendais
mon père faire crier son lit en y remon-
tant, j'étais, presque à la même seconde,
ressaisi de mes épouvantes coutumières :
ma chambre se peuplait instantanément
d'êtres invisibles que je ne pouvais plus
voir, puisque le cadre lumineux de l'escalier était éteint, mais que j'*entendais*
s'agiter, marcher, voleter, chuchoter autour
de moi. Mon matelas était heurté de chocs
sonores, — qui n'étaient autre chose, je
m'en rends compte aujourd'hui, que le
galop des palpitations de mon cœur
et de mes artères ; — des murmures tra-
versaient l'espace, — assurément le bourdonnement d'ailes de quelque phalène
ahurie par la brusque disparition de la

lumière, — et sous mon lit, au fond duquel
la peur me recroquevillait, les draps par
dessus la tête, pour ne plus ouïr s'animer
les ténèbres, je percevais distinctement,
malgré tout, d'énormes soupirs qui ressemblaient à des lamentations d'animal
souffrant, — et que j'attribuais au chat invisible et impalpable qui venait quelquefois
durant mon sommeil, dormir sur ma poitrine...

Parbleu, aujourd'hui que je raisonne,
je trouve à tout cela une cause naturelle,
mais alors j'étais absolument persuadé que
ces visions étaient des réalités et que ma
chambre était hantée. J'en demeurai surtout obstinément persuadé à partir d'une
nuit où ma mère *entendit comme moi*. Elle
s'était, ce soir-là, par raison de fatigue,
couchée avant mon père, et elle avait
laissé sa porte ouverte, ainsi que la mienne,
afin de m'empêcher de me « tuer à lire »,
comme elle disait. Il n'y avait pas un quart
d'heure que j'étais couché que j'entendis

la voix brève de ma mère ordonner :

— Marie-Joseph, « tue » ta chandelle !
(Ma mère disait toujours *chandelle*, même
depuis l'invention des bougies.)

— Mais, maman !

— Tue ta chandelle, j'te dis ! il est
temps de dormir.

J'obéis, et fermai bien vite les yeux, tout
frissonnant d'appréhension, mais, malgré
moi, je les rouvris quelques secondes
après. Et, immédiatement, je vis *le bras*
sortir du corridor et appeler *les autres* à la
sarabande infernale accoutumée. Les
quatre se trouvèrent bientôt réunis sur le
palier, ils se mirent à danser comme d'habitude en faisant de grands gestes ; ils
dansaient de si bon cœur que tout à coup
l'escalier en craqua. Ce craquement reten-
tit comme un coup de pistolet dans le silence, un coup de pistolet dont la balle
eût été pour moi, on eût dit, tant j'en avais
ressenti une secousse violente dans l'esto-
maç.

— Qu'est-ce que tu fais donc, Marie-Joseph, *tu te lèves ?* demanda brusquement ma mère.

J'étais haletant et restai quelques secondes sans pouvoir articuler un mot, serré aux poumons par la griffe d'une angoisse telle que je crus que j'allais étouffer... Ainsi ma mère *avait entendu...*

Sa voix grondeuse reprit :

— Réponds donc, voyons ! Qu'est-ce que tu as à *te promener* comme ça ?

Je répondis enfin, d'une voix moribonde.

— C'est pas moi, maman... C'est *eux.*

Eux, pour moi, cela disait tout. Ma mère ne comprit pas, mais ce qu'elle comprit du moins c'est que, à en juger par ma voix, je semblais être dans mon lit. Elle avait du reste craqué une allumette et elle vint *de visu* constater que j'étais couché et que mes dents claquaient de peur. Alors, elle voulut m'expliquer : Ce n'était

rien; l'escalier avait craqué, voilà tout. Ça
l'avait réveillée en sursaut, elle ne s'était
pas rendu compte, c'est pour cela qu'elle
m'avait interpellé. J'obtins toutefois de
garder ma bougie allumée, en promettant
d'essayer de dormir; mon père l'éteindrait
quand il monterait.

A partir de ce jour-là, je me butai irrémédiablement dans cette persuasion que
ma chambre était hantée...

Ce n'est qu'assez récemment que j'ai
trouvé l'explication de ce craquement
entendu simultanément par ma mère et par
moi, phénomène qui longtemps me préoc-
cupa comme un problème hallucinant dont
la solution demeurait introuvable bien que
sa découverte fût impérieusement indispensable à la santé de ma raison trébuchante.

J'ai, par la suite, beaucoup réfléchi aux
choses si mystérieuses du rêve, duquel
bon nombre d'auteurs donnent d'assez
plausibles explications.

L'état hypnotique est un sommeil produit par une cause externe, variable suivant les sujets, et pendant lequel on fait également des rêves les yeux ouverts, ou bien on est le jouet d'hallucinations provoquées par une volonté supérieure à la vôtre, et dont le sujet est d'autant plus facilement dupe que la faculté de *contrôle*, comme dans le rêve naturel, est absente. Le sujet, à son réveil, accomplit l'ordre donné pendant le sommeil par le suggestionneur, avec d'autant moins de défiance que cet ordre lui a été intimé pendant l'absence de la faculté de contrôle, et que, par conséquent, il le prend pour une volition spontanée. Il n'a donc pas la moindre pensée de discuter l'acte qu'il va commettre ; il le discuterait s'il pouvait se douter que cela lui a été *inspiré*, mais persuadé qu'il le veut naturellement, il l'accomplit naturellement.

L'hallucination non provoquée est une sensation interne : c'est un rêve fait les

yeux ouverts ; le cerveau crée cette sensation de toutes pièces, comme la rétine
crée de toutes pièces, quand on l'excite,
la lumière des phosphènes. Toute sensation est le résultat complexe de trois actes :
l'impression externe, la transmission au
cerveau et la perception interne, opérée
par le cerveau. L'hallucination est une
sensation dépourvue d'impression et de
transmission, elle naît dans le cerveau
même. Mais comme le cerveau ne peut
concevoir aucune perception qui ne s'appuie sur une impression externe, dans le
cas d'hallucination il la suppose, et agit
comme si la *supposition* était une *réalité*.

En d'autres termes, l'hallucination est
un effet sans cause, ce que le jugement dé-
clare absurde. C'est pourquoi ce dernier
est induit à conclure que, puisqu'il y a un
effet : — l'image interne peinte sur la
rétine, — il y a forcément une cause —
l'objet ou l'être extérieur, point de départ de l'image. C'est pour cela que la

sensibilité et l'imagination, de connivence avec la logique, sont induites à conclure à la réalité de la vision. Ce n'est que plus tard, quand on a fait l'éducation de son cerveau, qu'on peut affirmer, à l'aide du raisonnement, que *ce qu'on voit n'existe pas.*

Dans le rêve, ce qu'on prend pour la conclusion, ou de « curieuses coïncidences », n'est autre que la cause déterminante du rêve. Il arrive à tout le monde de rêver par exemple avoir été à la Chambre, après toutes sortes de pérégrinations logiquement enchaînées et se déroulant pendant toute une journée, avoir assisté à l'entrée successive de tous les députés et enfin avoir vu se lever la séance au coup de sonnette du président. *Juste au même moment,* vous étiez réveillé par le *coup de sonnette* du facteur qui *coïncidait* exactement avec le coup de sonnette du président de la Chambre. Or, c'est justement le coup de sonnette du facteur qui, dans

la seconde qui précédait votre réveil, a
déterminé votre rêve. Le cerveau, dans
l'état de rêve, comme pour se délasser de
l'état de veille, fonctionne *à reculons* et
avec une rapidité incommensurablement
supérieure à l'état de veille. Il se déplie,
pour ainsi dire, et se repose à peu près
comme le valseur qui après avoir tourné
longtemps dans un sens tourne dans un
sens inverse pour remettre son équilibre
d'aplomb.

L'hallucination, étant un rêve éveillé, a
un mécanisme analogue à celui du rêve.
Dans le cas qui m'occupe, c'est donc le
craquement de l'escalier qui avait *déterminé*
l'hallucination dans mon cerveau prédis-
posé, surexcité par l'attente, et tout préparé par la certitude *a priori* que j'allais
avoir ma vision.

La toute apparente étrangeté, l'*inexplicable* troublant de cette coïncidence m'a
bien longtemps préoccupé. Le pourquoi
m'est apparu avec une évidence limpide,

mais au bout de combien d'années de réflexions et de méditations inquiètes !
Aujourd'hui, possédé par d'autres épouvantes autrement fondées, je souris de ces
terreurs enfantines, mais, à cette époque,
je croyais à mes yeux plus qu'à ma raison,
et plus surtout qu'aux négations de mes
parents. Je considérais ma chambre comme
habitée par les esprits, j'y haletais chaque
nuit dans la sueur froide de la Peur, et
lorsque vint le jour de partir pour le collège, je fus dominé par cette pensée
unique : « Enfin, je ne vais donc plus coucher dans cette chambre! »

Et ce fut, sinon avec joie, du moins
avec un sentiment intraduisible de soulagement et de délivrance que je m'embar-
quai, accompagné de mon père, pour les
pays inconnus de l'internat.

V

Il y avait juste un an que j'étais au collège, — c'est-à-dire que je venais d'entrer
dans ma quinzième année, — lorsque mon
père mourut. Si ces notes étaient destinées
à la publicité, il y a bien des choses que je
ne dirais pas. Et, ce que je commencerais
par taire, c'est l'impression que me fit la
mort de mon père. Pour me l'expliquer à
moi-même, m'en excuser, m'en innocen-
ter à mes propres yeux, j'ai besoin de me

rappeler à quel point cette année de séparation, coupée par les vacances de
Pâques seulement, après une absence de
sept mois de la maison paternelle, me mo-
difia, me bouleversa de fond en comble.

Et tout d'abord, cette question se pose à
mon esprit : « En thèse générale, les enfants aiment-ils leurs parents ? » Je sais,
parbleu! que pour la pluralité de mes con-
citoyens, qui végètent, depuis que le monde
est monde, sur un fonds commun d'idées
poncives déclarées Vérités fondamentales, « poser la question, c'est la résoudre » — par l'affirmative. Mais je sais
aussi que si l'on prenait la peine de descendre au fond de toutes les affections humaines, c'est l'égoïsme qu'on y rencon-
trerait. Cet égoïsme se dissimule adroite-
ment dans l'affection des grands qui ont
peu à peu, à leurs dépens, appris la nécessité de la dissimulation ; mais chez les
petits, l'égoïsme fleurit tout à son aise, aucunement gêné aux entournures par l'adap-

tation, sur leurs petites faces naïves, du masque social, qui tantôt s'appelle la politesse, tantôt les convenances, tantôt le respect, les égards, etc... Les enfants sont simplement et franchement égoïstes. Ils n'aiment donc pas leurs parents, dans le sens que je me plais, du moins, à donner au mot *aimer*. Ils ont besoin d'eux, et leur prodiguent caresses et baisers *pour avoir* ce qu'ils convoitent : friandises, joujoux ou bonbons. Ils n'ont pas un seul mouvement affectif désintéressé, c'est-à-dire qui ne soit ou un remerciement d'une chose donnée, ou une flagornerie préalable en vue d'une chose à avoir. Peut-être aime-t-on ses parents plus tard, rétrospectivement, par souvenir des bontés qu'ils ont eues pour vous. Encore sont-ce les bonnes natures, les attendris, ceux que guette le ramollissement cérébral.

Ma folie, à moi, n'aura pas le ramollissement cérébral comme stade terminal. Je suis une nature sèche. J'ai quelquefois pleuré de rage, mais de chagrin, jamais.

Je n'aimais pas mes parents, mais, comment dirai-je, j'étais habitué à eux. Tout jeune, j'ai toujours eu un vif sentiment du ridicule ; j'en ai toujours voulu à mon père de son ventre grotesque ; à ma mère de m'avoir, pendant sept ans, sous prétexte de robes blanches, séquestré d'avec les autres. Je ne les aimais pas, je voyais leurs travers, mais j'y étais fait. Pas à tous pourtant. C'est ainsi que je n'ai jamais pu m'habituer à cette manie de femme pressée qu'avait ma mère de me débarbouiller avec sa salive, quand, dans la journée, je m'étais à quelque jeu éclaboussé le visage. Et j'ai encore dans le souvenir cette odeur à la fois âcre et fade qui me soulevait le cœur à chaque fois, et contre quoi je n'osais protester.

Ce qui a souffert le plus en moi, dans ma jeunesse, c'est mon amour-propre. C'est ainsi que j'éprouvais de temps en temps des élancements dans ma vanité

d'enfant lorsque je surprenais, derrière le
dos de mon père et de ma mère se ren-
dant solennellement à la grand'messe, des
ricanements et des chuchotements gouail-
leurs que leur démarche compassée et les
invraisemblables châles-tapis de ma mère
soulevaient le long de la rue de l'Église.
Mais enfin, je m'étais peu à peu résigné.
Or, brusquement, on me met en pension,
je reste sept mois sans les voir. Que se
passa-t-il en moi durant ces sept mois?
L'âme de l'enfant, à une certaine époque,
est-elle comparable à une cire qui se laisse
pétrir et qui non seulement perd sa forme
primitive, mais perd même le souvenir de
ce qu'elle a été, je ne saurais le dire. Ces
sept mois-là sont restés très flous dans ma
mémoire. Je ne me rappelle rien, absolument rien, aucun détail précis, aucune
émotion vive. Cette entrée dans la vie nouvelle aurait dû me frapper par sa nouveauté
même; il n'en est rien. Je ne me souviens
que des taquineries à cause de mon pré-

nom et qui me furent très douloureuses.

Tout le reste est pour ainsi dire noyé dans une brume opaque où ne transparait la silhouette d'aucun fait. J'ai beau remuer et retourner ma mémoire dans tous les sens, je vois ma pensée comme flottant inerte dans le brouillard. Huit jours seulement avant les vacances, je me réveille à la voix d'un camarade d'études, me montrant un petit calendrier avec tous les jours biffés depuis le commencement de l'année et me disant :

— P'us qu'huit jours, hein ! chic ! Cent quatre-vingts heures !

Et je songeai, très placidement, sans la moindre lueur de joie :

— Ah ! oui, c'est vrai, dans huit jours, je vais revoir Saint-Roch.

Mon père m'attendait avec une voiture, à la gare, située à deux lieues de Saint-Roch. Comme il faisait beau, ma mère l'avait accompagné. Je me les remémore

très bien tous les deux, accoudés, comme le
train arrivait, les bras pendants entre les
pointes de la petite barrière brune, mon
père avec sa casquette de soie dont la vi-
sière de côté lui cachait presque un œil,
ma mère avec son bonnet de lingerie dont
les pattes, très empesées, lui faisaient un
nœud raide juste sous le menton, ce qui
exagérait encore son air guindé. Ils m'a-
perçurent, dans le wagon, et me firent
des grands gestes de bras.

— C'est tes parents, ces vieux-là? me
dit, en riant d'un rire qui me vexa horrible-
ment, un camarade qui continuait quelques
lieues plus loin.

J'hésitai deux secondes, puis je répondis, d'un air dégagé, en lui donnant une
poignée de main d'adieu :

— Ça! c'est la cuisinière et le premier
commis de mon père...

Je n'eus, du reste, avec mes parents, aucune effusion. Je me sentais glacé, comme

s'il y avait quelque chose d'irréparable entre nous. Ce qu'il y avait, c'étaient ces sept mois de séparation. Je n'éprouvai pas à les revoir la plus mince émotion. Ah ! oui, c'était bien la cuisinière et le premier commis de mon père. Ou plutôt, j'eus,— je me souviens parfaitement de ce phénomène qui me surprit moi-même, — la sensation d'être en visite chez des étrangers... Je me sentais comme *orphelin*, tout incompréhensible que ce mot puisse sembler.

Il me parut aussi que j'étais transporté dans un pays de rêve, au milieu de gens que je ne connaissais pas, qui ne me ressemblaient pas, qui ne parlaient pas la même langue que moi. Cette impression de vivre dans un rêve, je l'ai bien éprouvée depuis, mais jamais avec cette intensité ; c'est peut-être parce que c'était tout nouveau.

C'est par détails que me reviennent mes sensations de cette époque. Je n'ai aucune

vue d'ensemble, et les lignes de mes souvenirs sont troubles, empâtées, semblables
à la photographie d'un site qui aurait remué
devant l'objectif.

Au collège, c'était l'usage, lorsque les
domestiques nous servaient, au réfectoire,
des assiettes fêlées, de les casser sur le
coupant de la table. Le lendemain de mon
arrivée en vacances, la bonne, au déjeuner, mit devant moi une assiette salie d'une
fêlure grise qui datait peut-être de plusieurs années. Il y en avait comme cela une
douzaine d'avariées que l'on gardait « pour
quand nous étions entre nous ». Il fallait
faire tous les jours des tours de force pour
les échauder sans les briser définitivement.
Je pris celle-ci d'un petit air fanfaron, et,
toc ! je la séparai en deux, comme au collège, sur le bord de la toile cirée. Mes parents, muets de stupeur, se regardèrent.

— Mais es-tu fou, Marie-Joseph ?
demanda mon père.

Ma mère ne dit rien, elle pinça ses

lèvres anémiques et minces, et mit soigneusement de côté les deux morceaux, pour
les faire réunir avec deux agrafes, par
quelque coureur.

Nous avions quinze jours de vacances. Ce fut quinze jours d'ennui profond. Je n'avais aucun camarade ; et, à part
une ou deux visites à l'abbé Desmares,
ma seule distraction était de me promener,
le long des routes, avec mon père. Nous
ne nous disions pas un mot, du reste, ayant
vite épuisé, dès le premier jour, tous les
sujets de conversation dans lesquels nous
pouvions nous rencontrer tous les deux.
Et puis mon amour-propre était à chaque
instant froissé des manières communes et
pataudes de mon père, et des fautes de
langage qu'il faisait à chaque bout de
phrase. Il disait par exemple *j'ai* à la place
de *je suis* « j'ai arrivé de bonne heure », il
prononçait *potographie, baco* pour bachot ;
*un enfant mort du groupe, le segrétaire de
la mairrie.*

J'avais tenté à plusieurs reprises de le remettre dans la bonne voie, mais sa routine l'emportait sur mes efforts.

Et puis sa piété bonne-femme m'exaspérait, produisant sur ma ferveur première un effet de réfrigération extraordinaire. Ils disaient maintenant leur chapelet tous les soirs dans leur lit, tout haut, en se répondant. Sitôt la bougie éteinte, j'entendais la voix grave de mon père commencer, sur un mode solennel : « Je *crrrois* en Dieu, le *Pèrrre* tout Puissant... » ; puis les « Je vous salue Marie » s'égrénaient, interminables ; et ma mère glapissait de sa voix aigre : « Sainte Marie, mère de Dieu, priez pour nous... » Et je m'endormais, bercé par le ronron des deux voix, dont le bourdonnement montait et descendait, alternativement, dans la nuit, de plus en plus indistinct à mon oreille.

VI

J'étais rentré depuis deux mois environ au collège, enchanté que mes vacances aient pris fin, lorsqu'un soir le préfet des études me fit appeler et me dit, avec un ton de circonstance :

— Votre père est très malade, mon enfant, vous allez partir, votre mère vous réclame.

Il ne me vint pas du tout à l'idée que mon père pouvait mourir. Du reste, ce n'est

4

pas du côté de Saint-Roch que se portè-
rent mes pensées. Je ne vis absolument
qu'une chose dans ce départ, c'est qu'il
coïncidait précisément avec les « compo-
sitions de prix ». Et, dans le train, durant
les longueurs du trajet, je supputai toutes
mes chances. J'étais certain d'un prix de
version latine, d'un prix d'histoire, d'un
premier accessit de version grecque... Et
les stations défilaient, des gens montaient,
encombrés de paquets, s'installaient, d'autres descendaient. Le bruit rhythmé du
train me scandait un air dans la tête, dont
je ne pouvais me débarrasser.

A la gare de Condé, qui desservait Saint-
Roch, je trouvai Mercier, un loueur de
voitures que mon père employait fréquem-
ment, pour faire ses charrois. Il m'attendait avec un tilbury. Et tout de suite, d'un
air apitoyé qui crispait burlesquement sa
figure chafouine, il me dit :

— Le pauvre monsieur Daucy est bien
mal... Ah ! il est bien mal.

Puis, voyant que je prenais la nouvelle assez gaillardement, sans y répondre par le déluge de larmes de rigueur, auquel il s'attendait, il se mit à causer, entremêlant son bavardage d'admonestations énergiques à son cheval qu'il appelait P'tinoué (Petit noir). Moi je ne l'écoutais pas, songeant surtout au prix de version latine que j'allais manquer. Pourtant, un mot singulier, qui revenait à chaque instant dans sa bouche, finit par accrocher mon attention et je lui demandai :

— Qu'est-ce que vous parlez donc de bolide ?...

— Ben oui, bolide, l'pauv'e Monsieur Daucy, il a été frappé d'un bolide.

Je sursautai.

— Frappé d'un bolide ! qu'est-ce que vous me chantez-là, Mercier ?

— Dame, c'est le médecin qui l'a dit, ça l'a « jeté » dans son jardin... C'est ben un bolide, allez !

— Mais, demandai-je, est-ce qu'il est gros, ce bolide ?

— Gros, fit Mercier qui parut interloqué, mais, monsieur Marie-Joseph, on ne peut pas le voir, pisque c'est dans la tête que ça l'quient, dites.

Je ne comprenais plus. Un bolide, dans la tête. J'ignorais alors l'embolie cérébrale, ce diagnostic passe-partout des médecins, qui veulent à tout prix renseigner la famille dans un cas indéchiffrable. Et mon esprit travaillait, très lucide, discutant avec lui-même, préoccupé de cet étrange bolide, pendant que tout mon être moral était comme engourdi, comme ankylosé dans une sorte de léthargie qui m'immobilisait en une attitude figée, paralysait mes élans. Je sentais autour de moi comme une cuirasse d'insensibilité qui empêchait mes nerfs de vibrer, en dépit de tous les tristes détails que me donnait mon conducteur sur la maladie de mon père.

Les premières maison de Saint-Roch

parurent dans la nuit qui était peu à peu
tombée. Puis la voiture s'arrêta. Nous
étions arrivés.

La petite boutique paternelle avait un
aspect lugubre, avec ses deux comptoirs
encombrés d'un tohu-bohu de porcelaines
et de verreries, où çà et là, ainsi qu'au
long des rayons, une petite lampe fuligi-
neuse faisait trembloter des lueurs ternes.
Ma mère, qui avait entendu la voiture,
était déjà, comme j'entrais, au bas de
l'étroit escalier de fer tournant, qui reliait
le magasin avec le premier étage. Elle
avait les yeux tout rouges et se reprit à
pleurer à ma vue, puis elle se jeta dans
mes bras un peu théâtralement, en criant
d'une voix aiguë :

— Mon pauvre... enfant!

Mon père était si changé que je ne le
reconnus pas du tout, de sorte qu'il me
fut impossible de me lamenter comme le
faisait ma mère, laquelle, debout au pied

du lit, et son mouchoir sur la bouche, ne cessait de pousser un cri aigu, prolongé, continu, comme un ululement d'orfraie. La sensation d'être chez des étrangers me domina de nouveau, d'une façon plus impérieuse, et je regardai sans une larme ce visage blafard, à la peau tendue sur les pommettes et la mâchoire supérieure, et qui semblait rire d'un rire atroce et pénible, ce visage effrayant, tout lustré de sueur, et où se convulsaient, sous les paupières très relevées, deux yeux blancs. Je me retirai avec un sentiment de répulsion et d'effroi. Ma mère interrompit son ululement pour me dire, d'une voix dont le timbre était cassé :

— Tu n'embrasses pas ton père, mon enfant ?

Je me penchai, comprenant que je ne pouvais me soustraire à ce pénible — et inutile — devoir, et, surmontant mon dégoût, j'effleurai de mes lèvres hésitantes la sueur glacée du moribond.

Ce n'est que bien longtemps après la mort de mon père que le chagrin de cette mort m'est venu. Je ne puis mieux comparer ce phénomène psychique qu'à ce qui se passe dans l'oreille de certaines gens, préoccupés, rêveurs ou distraits, lesquels *n'entendent* une question et n'y répondent qu'un quart d'heure après qu'elle a été posée. C'est donc que l'impression reste accrochée quelque part. Ce quart d'heure là, chez moi, a été des années, voilà tout. Ce n'est point, en tous cas, le fait d'un cerveau normal que cette *lenteur* dans les perceptions et les réactions affectives. J'y lis donc, je ne puis m'en empêcher, une prédisposition à la *spécialisation* cérébrale. Cet euphémisme me ravit. Car le comble de la spécialisation, c'est la folie. Heureux les médiocres, heureux les quelconques, heureux les « tout-le-monde », ils sont peut-être crétins, ils ne deviendront jamais fous.

Trois ans s'écoulèrent. Trois ans d'étu-

des âpres, coupées de vacances mornes,
en tête à tête avec une mère désolée qui
n'avait plus de souci que de mômeries religieuses et dont l'intelligence s'affaissait de
plus en plus, sous le poids du chagrin que
lui avait causé la mort de mon père. Ah !
je crois bien que sans l'abbé Desmares,
le seul être de Saint-Roch avec lequel je
pouvais échanger quelques idées, j'aurais
demandé comme une grâce de passer mes
vacances au collège.

J'étais devenu, du reste, un élève
modèle, accablé des meilleures notes et
des meilleurs compliments. Mes bulletins
portaient : travailleur, intelligent, excel-
lent esprit. J'arrivai sans secousse et sans
événement notable à mon baccalauréat que
je passai sans la moindre difficulté, puis je
revins à Saint-Roch que je quittai enfin
définitivement pour Paris.

Ce que le collège m'a pris et ce qu'il
m'a donné ? Ah ! c'est bien limpide. Cette

expérience est à la portée de tout le monde.
La première fois qu'on touche une sensi-
tive, elle ferme ses feuilles, et replie ses
branches le long de sa tige : la dixième
fois elle n'a plus déjà que de petits tres-
saillements, la vingt-cinquième fois, elle
est inerte. Je crois que j'ai été cette sensi-
tive. J'avais, au fond, une nature affectueuse,
toute prête aux épanchements. Je n'en ai
jamais trouvé l'occasion chez mes parents
ni l'exemple. J'ai, par fierté, par une sorte
de défiance instinctive, tout gardé par
devers moi. Le collège m'a bronzé : il m'a
désappris l'amour de la famille ; il m'a
enseigné l'égoïsme et l'isolement ; il m'a
montré que, dans la vie, c'est « Chacun
pour soi et Personne pour tous », il m'a
fait pressentir que c'est par ses vices qu'on
règne et qu'on s'impose ; et que la sensibilité est le sang de l'âme, que c'est
par elle que la vie s'écoule goutte à goutte,
jusqu'à ce qu'on en meure. Si j'avais un
fils et que je veuille l'élever pour moi,

l'aimer et m'en faire aimer, je ne le mettrais jamais au collège ; si je voulais l'élever pour lui, en confectionner le brigand
sans cœur et athée en tout qu'il faut être
pour vivre aujourd'hui dans notre monde
moderne, je l'internerais entre les quatre
murailles d'un pensionnat.

VII

Paris!

Ah! je me souviens fort bien de l'après-midi où j'y arrivai, une après-midi de fin d'octobre, affreusement triste. A la gare, j'eus beaucoup de peine à trouver une voiture à cause de la pluie qui tombait, sans discontinuer, avec un petit grésillement monotone de ses gouttes, fines et drues, sur les pavés pointus du débarcadère...

J'éprouvai, en mettant le pied sur le sol parisien, au milieu de tous ces gens affairés qui se hâtaient de défiler, sous l'œil inquisiteur des douaniers, une poignante sensation d'isolement.... Et, ma valise à la main, l'air morne et la mine piteuse, je regardais mélancoliquement les hachures brillantes de la pluie zébrer obliquement les hautes murailles grises des maisons en face.

Je savais à peu près où j'allais descendre. L'abbé Desmares, le vicaire de Saint-Roch, m'avait en partant remis une lettre de recommandation pour le patron d'un hôtel qu'il connaissait, 65, rue de Madame, derrière le Luxembourg. C'est là où je me fis conduire. L'hôtel avait un air tranquille qui me séduisit, de l'extérieur ; mais l'escalier me fit faire la moue, il était sombre et il y suintait comme un mélange de crasse et d'humidité. Pourtant le patron, M. Sadran, un petit homme aux yeux gris toujours en mouvement et qui me

parut être un ancien valet de chambre,
m'accueillit avec toutes sortes de cour-
bettes obséquieuses et de protestations
melliflues.

— Monsieur serait très bien ici, bre-
douillait-il, en roulant ses petits yeux ; si
monsieur cherchait le silence pour travailler, il ne pouvait mieux tomber. Si monsieur voulait quelquefois manger chez lui,
la cuisine de l'hôtel était excellente ; du
reste, la plus grande liberté...

Et il me glissa, en terminant, qu'il avait
d'excellents vins pour les dîners fins...
Puis il me demanda des nouvelles de l'abbé
Desmares, qui venait, m'apprit-il, régulièrement quatre fois par an, à Paris,
passer une huitaine... C'était un homme
libéral, bien *comifaut*... Qu'entendait-il
par *libéral* et *comifaut*, ce petit homme ?

Il me montra une dizaine de chambres.
Je me décidai en faveur d'une vaste pièce
au cinquième, très aérée. Je sentais comme
un irrésistible besoin de lumière et d'es-

pace. Il me semblait que je n'aurais pas
pu vivre, si j'avais été condamné, comme
tant d'autres à Paris, à habiter une petite
cour et à ne participer qu'au rare oxygène
qui vous y est si chichement mesuré. Mon
besoin d'air et d'espace est singulier. Il a
toujours existé en moi. Je me souviens,
étant tout enfant, d'avoir failli mourir d'é-
pouvante un jour, parce que m'étant en-
gagé en rampant sous un petit aqueduc
qui mesurait une dizaine de mètres de
long sur à peine cinquante centimètres
d'ouverture, je fus tout à coup, parvenu
environ au milieu, étranglé au poumon par
l'angoisse atroce de ne pouvoir sortir de
là. J'eus comme l'impression d'être écrasé,
broyé entre les pierres ; il me sembla que
j'avais une montagne sur la poitrine et
que j'allais étouffer. Quand j'en sortis, je
suais à grosses gouttes et mes artères battaient le galop.

Ma première année de Paris n'offre
rien de particulier. Je travaillais du matin

au soir dans ma chambre, sinon avec enthousiasme, du moins avec ardeur. Je ne
sortais absolument que pour aller à l'hôpital. Je m'étais arrangé avec Sadran
pour qu'il me donnât, à prix très accep-
tables, à manger dans ma chambre ; de
sorte que j'ignorais totalement, non seulement Paris, mais même le quartier latin.

Un matin de février, je venais de rentrer de mon hôpital et j'attendais le déjeuner frugal que Sadran devait me monter, lorsque deux coups furent frappés à
ma porte. Je dis : « entrez », croyant que
c'était mon déjeuner, bien que je n'eusse
pas reconnu le pas de l'hôtelier. Mon visiteur, que je considérais avec d'autant plus
d'étonnement qu'il me sembla « avoir vu
cette figure-là quelque part », fit un pas
dans la chambre et me regarda en souriant, sans rien dire.

Si la figure ne m'était pas absolument
inconnue, le costume ne me renseignait
aucunement. Le nouveau venu portait une

jaquette bleu-marine assez bien coupée,
s'ouvrant sur la fantaisie d'un gilet crême
brodé de fleurettes polychromes ; son
pantalon à larges carreaux mauves sur
fond noir tombait bien sur les bottines
vernies « dernier cri » ; son chapeau haut
de forme était d'un luisant qui accusait
une fraîcheur indéniable. Comme il continuait de se taire, laissant errer un sourire
mystérieux sur ses lèvres soigneusement
rasées, je dis :

— A qui ai-je l'honneur de parler ?...

Mon visiteur poussa un éclat de rire
joyeux et s'exclama :

— Comment ? Marie-Joseph, tu ne me
reconnais pas !

— L'abbé Desmares ! fis-je avec stupeur.

C'était en effet l'abbé Desmares, mais
un abbé Desmares rajeuni, propret, absolument méconnaissable dans ce costume.
L'abbé Desmares en civil ! Des tas de
questions se pressaient dans ma tête.

Mon étonnement était si manifeste que l'abbé fut obligé de le remarquer,

— Allons ! me dit il, d'un ton un peu persifleur, te voilà ébouriffé pour bien peu de chose.

— Pour peu de chose ! balbutiai-je...

— Ah ! mon garçon, si c'est ton premier étonnement, sois bien assuré que cela ne sera pas le dernier. En tout cas, si je te crois encore trop jeune pour te donner tous les pourquoi de ma conduite, je t'estime assez et je te sais assez intelligent pour ne pas dissimuler avec toi. Mais d'abord passe un pardessus et allons déjeuner.

Nous traversâmes le Luxembourg, entièrement défeuillé, puis il se dirigea sans chercher, en homme qui sait où il va, vers un restaurant des environs de l'Odéon. A côté de la salle du rez-de-chaussée, un escalier raide, au-dessus duquel il y avait écrit : Entrée des *Salons et Cabinets*, montait au premier ; nous nous y enga-

geâmes. Au sommet, un garçon s'empres-
sa, nous débarrassant de nos chapeaux et
de nos pardessus. Et comme il nous ouvrait la porte d'un cabinet où des gravures
libertines se reflétaient dans une grande
glace toute grillée de coupures, au-dessus
d'un divan fané, empesé çà et là de macules bizarres, le garçon murmura discrétement :

— Du   moutonne,   comme   d'habitude ?

L'abbé fit un petit signe de tête, tout en
parcourant la carte du regard ; et comme
il tournait le dos à la glace, je remarquai
que ses cheveux n'avaient pas du tout la
même coupe qu'à Saint-Roch, et que sa
tonsure même était si habilement dissi-
mulée qu'il semblait tout au plus avoir un
commencement de calvitie...

Ces détails ne sont pas superflus. C'est
de cette visite première de l'abbé Desmares que date ce qu'il appelait, lui, mon
premier étonnement, et ce qui fut, à parler

vrai, chez moi, un véritable bouleverse-
ment dans les idées, c'est-à-dire — il faut
bien que ce premier jalon soit planté —
ma première *commotion cérébrale*; ceci est
d'autant plus à noter, mais non, hélas, avec
une « pierre blanche », que j'ai été très
long à m'en remettre.

L'effet immédiat fut au moins singulier.
J'avais toujours été d'une piété assez tiède,
tiédeur accrue par la ferveur de mes parents. Le « tel père, tel fils », est une simple
absurdité. Mon père était bigot, légiti-
miste, obèse et ridicule. Je suis maigre et
blême; j'eusse été communard si j'avais
fait de la politique ; en tout cas, je suis
révolutionnaire, et le mobile qui détermine
la plupart de mes actions, ce n'est pas une
vanité vague et indéterminée comme la
plupart des hommes, c'est cette vanité
bien spéciale, qui s'appelle la peur du ridicule. Quant à la religion, j'en avais, en
arrivant à Paris, tout juste assez pour faire
mes pâques, une fois l'an, comme le veut

le Commandement, et pour assister le dimanche à la messe.

Eh bien, le dimanche qui suivit le départ de l'abbé Desmares, je n'assistai pas à la messe. Il me semblait que je verrais le prêtre officier en jaquette bleue et en pantalon à carreaux, et que l'enfant de chœur, à la consécration, allait murmurer discrétement à l'officiant, en versant dans le calice le vin des burettes :

— Du moutonne, comme d'habitude ?

Ce fut une sorte d'hallucination qui me hanta péniblement pendant près de trois mois, tous les dimanches matins, jusqu'au jour où je rompis résolûment et définitivement avec toute pratique religieuse en m'abstenant de faire mes pâques.

Si j'ai si peur du ridicule, c'est que j'en ai le sentiment exagéré. Tout le monde connaît cette grotesque tête de Christ aux yeux pochés qui montre aux vitrines de tous les marchands de livres et objets pieux son teint olivâtre et sa belle barbe

frisée d'homme à femmes ; au-dessous,
cette étiquette fait sourire le passant : « il
suffit de regarder un instant pour voir le
Christ ouvrir les yeux ». Un artiste ingénieux a imaginé ce bon-Dieu-joujou *ad*
usum delphini et des dévots gâteux ; il a
peint des yeux un peu flous sur les paupières baissées, de sorte qu'on peut *ad*
libitum voir les yeux fermés ou ouverts.
C'est écœurant de crétinisme. La première
fois que je l'ai vu, je n'ai pu me défendre
d'une irritation folle et suis entré tout
bouillant chez le marchand lui crier, à sa
profonde stupéfaction, mon indignation et
mon dégoût de voir la figure du Christ
passée à l'état de « question du jour »...

VIII

Il est à croire que ma foi n'était guère
solidement assise, puisque ce fut, en même
temps que la transformation civile du vicaire de Saint-Roch, l'image ridicule de
ce « Sauveur des hommes » falot qui me
chassa de l'église. Du reste, je m'en con-
fessai ingénûment à l'abbé Desmares, à
son second voyage en Mai, escomptant
par avance la satisfaction égoïste de provoquer ses protestations navrées, pour les-

quelles j'avais préparé, en réponse, d'a-
mers : « — Tout ça, c'est de votre
faute » !

Mais le narquois philosophe me répondit, avec son éternel rire goguenard :

— Connu, connu, mon bonhomme. Un
peu de science éloigne de Dieu, beaucoup
y ramène. Tu en es encore à l'abécédaire
de la vie et tu te permets de juger ! Tu ne
lis pas encore dans ton âme ; le γνῶθι σεαυτόν
des anciens est encore lettre morte pour
toi, et tu affiches la prétention de sonder
les reins et les consciences ! Va, va, j'en
ai vu d'autres...

— Mais, essayai-je...

— Veux-tu que je te dise, une fois pour
toutes ; Dieu existe en dehors de la religion ; la religion existe en dehors de ses
ministres ; et ces derniers ne sont pas res-
ponsables de la vente d'une image peut-
être ridicule, mais en tout cas inoffen-
sive.

— Tenez ! lui dis-je tout à coup, ex-

pliquez-moi donc pourquoi vous vous êtes
fait prêtre ?

Il me regarda bien en face, dans les
yeux, et huma une prise avec un renifle-
ment sonore :

— Faut-il te parler franc ?

— Assurément. Je voudrais bien
apprendre un peu, enfin ! et lâcher l'a, b,
c, d, pour la grammaire.

— Je vais te répondre, Marie-Joseph,
malgré que je sois persuadé que cela ne
t'avantagera en rien. L'exemple des autres,
leurs conseils comme leur expérience,
tout ça, vois-tu, c'est de la *gnognotte*,
comme on dit à Saint-Roch. On n'apprend
bien que ce qu'on apprend à ses dépens.
Mais ce que tu veux de moi surtout, c'est
des aperçus sur la vie, plutôt que des
appréciations, n'est-ce pas ?

Je fis un signe affirmatif.

— Pourquoi je me suis fait prêtre ? Ah !
va, pour la raison qui en fait bien d'autres.
Je suis enfant de paysan. A la ferme, j'ai

été élevé avec cette idée que l' « état de
curé » était un bon état, qu'on y gagnait
« ben d'l'argent », qu'on y vivait tranquille, à l'abri de tous les tracas de la vie.
Voilà le point de départ. Au séminaire,
quand j'ai commencé à raisonner pour
mon propre compte, je me suis dit que
« les curés ne partaient pas »... Ah ! ah !
tu as fait un mouvement, je t'attendais là...

Je balbutiai :

— Mais la vocation !

— Euphémisme. Lis : paresse. Ajoutes-
y, pour moi, l'horreur insurmontable de la
brutalité, du bruit, des fanfaronnades, de
la ferraille, de la promiscuité avec des
brutes et des crapules, enfin tout ce qui
constitue le militarisme.

J'étais ahuri. J'insinuai encore :

— Mais le Sacrifice de la Messe, l'Eu-
charistie !

— Symboles, et voilà tout.

— Alors, les hosties qui saignent...

— On en a raconté bien d'autres. Jonas

et la baleine ! Et Josué arrêtant le soleil !
Le monde créé en six jours !.. Oui, je sais,
on a par la suite transformé, pour les
besoins de la cause, *jours* en *périodes*, et on
a dit que les traducteurs avaient mal lu et
que c'était la rotation de la terre qu'avait
suspendue Josué... Ah ! des bêtises, mon
garçon, on en dit tous les jours... Et tu
trouveras peu de gens pour te parler comme
je le fais.

Mon interlocuteur ne pouvait soupçonner
le trouble immense où me jetait cette conversation. Il ne songeait certes pas que
ces six premiers mois de ma vie d'étudiant,
je les avais passés dans ma chambre, en
tête à tête avec l'anatomie de Sappey, et
que par conséquent j'étais resté le même
que j'étais au sortir du collège. L'hôpital
m'avait beaucoup appris, mais il ne m'avait
pas donné la foi dans la médecine ; loin de
là, je la voyais tâtonner tous les matins et
tous les matins reconnaître son impuissance. L'hôpital m'avait brusquement jeté

face à face avec la souffrance humaine et
j'avais constaté que tous ses dolents n'af-
fichaient sur leur visage aucun rictus de
révolte, mais qu'on y lisait, au contraire,
l'accablement de la résignation ; et j'en
avais conclu que cette vie est ainsi faite
qu'elle a toutes les douleurs en partage,
parce que tous les bonheurs étaient dans
l'autre. Dans l'autre ! Voilà maintenant que
de déduction en déduction j'en doutais aujourd'hui, après des conversations déso-
lées qui n'en finissaient plus, des conversations dont je ne note que l'impression
générale et desquelles je me retirais en
proie à un affaissement morne et une tristesse indéfinissable.

Un soir, je risquai cette question qui me
brûlait les lèvres depuis longtemps.

— Et la Femme ?

L'abbé Desmares se mit à rire.

— Ah ! voilà une question... une grosse
question. Hé ! mon garçon, c'est pas un
volume qu'il faudrait pour la résoudre,

c'est toute une bibliothèque. Encore la
Bibliothèque nationale n'y suffirait-elle
pas. Je ne vais donc t'en dire que deux
mots. Qu'est-ce que la femme ? Une sou-
pape : donc un moyen et non un but. La
société, tu verras ça plus tard, se partage
en deux classes. Ceux qui font de la femme
un but, et, qui plus est, LE but ; ceux-là,
ce sont des imbéciles. Et ceux qui la
réduisent à l'état de moyen : ce sont les
sages.

L'abbé huma une forte prise et ajouta
froidement :

— Et j'en suis...

— Vous !

— Ah! oui ! le célibat des prêtres ! une
invention de Grégoire VII définitivement
établie par un traité du concile de Trente.
Eh bien, l'Église a pu dire : « Tu ne te
marieras », elle a sacrifié à la galerie, c'est
tout juste ; mais elle n'a pas dit : « Tu ne
seras pas homme ». Les artères, sois-en
sûr, battent tout autant sous la soutane

que sous la jaquette bleu-marine. Dans
l'ancien temps, on était plus carré qu'aujourd'hui. On nous a longtemps laissés
libres de nous marier, et même le Concile
de Nicée, en 325, rejeta une motion ordon-
nant le célibat.... Je t'ai expliqué et tu as
vu comment, à Saint-Roch, je m'abritais
contre la Tentation. J'ai trouvé le moyen de
ne laisser pénétrer aucune jupe chez moi.
Le parfum qu'elles dégagent énerve le
sommeil et érotise les rêves. N'empêche
que, quatre fois par an, aux changements
de saison...

— Mais, que devient le *cave mulierem*
dont vous avez prémuni mon adolescence?...

— D'abord, j'ai surtout voulu retarder
chez toi l'éclosion du désir. Par hasard, tu
étais resté invraisemblablement pur. J'ai
tâché de te continuer ainsi, par raison de
santé, le plus longtemps possible. Ensuite,
j'avais peur de ta nature, je voulais t'éloi-
gner de la Femme, parce que je craignais

que tu ne l'aimasses avec ton cœur, avec
ton âme ardente, avec ton cerveau bouillant, avec ton ardeur généreuse. C'était là
le danger. Si tu avais aimé ainsi à vingt
ans, tu étais perdu. Voilà ce que voulait
dire mon *cave mulierem*... Que m'importe
que tu... satisfasses un besoin.., c'est naturel, normal et forcé ; ce qu'il faut, c'est
que ton cerveau et ton cœur n'en soient
pas préoccupés...

Je tremblais convulsivement d'une émotion effroyable que mon interlocuteur
semblait ne pas voir. J'étais comme Adam
qui venait de manger la pomme cueillie à
l'arbre du bien et du mal, je voyais clair
tout d'un coup, et cette clarté m'aveuglait,
et je sentais que j'étais nu... Je balbutiai
encore :

— Alors, la chasteté ?

L'abbé toussa son rire sarcastique.

— Ha ! ha ! ha ! la chasteté ! Hypocrisie
ou leurre ! Personne n'est chaste. Tu
entends bien. Personne ! On a vu des

clowns physiologiques s'exténuer à ce tour
de force : demeurer deux mois sans
manger. Mais deux mois seulement. *Est
modus in rebus.* Il n'y a rien d'absolu, pas
même, pas surtout la chasteté. Crois-en
un vieux confesseur dans le sac de qui bien
d'autres sacs se sont vidés. Tu connais le
vieux précepte, — vieux comme le monde
et comme lui toujours neuf, — d'Hippocrate
ton maître : *Quotidie... Mense... Hebdo-
made...*

— Oui. Eh bien ?

— Eh bien, c'est un programme de santé
physiologique, et, tu le sais, pour que la
psychologie soit équilibrée, il faut que la
physiologie le soit : *Mens sana in cor-
pore sano.*

L'ahurissement de ces théories me con-
duisit à une mélancolie muette que le chef
du service où je continuais à fréquenter
assidument, à l'hôpital Laennec, dut dia-
gnostiquer, à l'aspect grippé de mon

visage, de même qu'il lisait la fatigue dans mes yeux caves et sur mes traits ravagés. Je m'étais aperçu déjà depuis plusieurs matins qu'il me dévisageait à la dérobée, durant la visite. Enfin, un jour, comme nous descendions à la consultation, il me dit brusquement, entre haut et bas :

— Qu'est-ce que vous avez donc, vous ?... Auriez-vous trouvé sur l'oreiller de votre maîtresse... un cheveu... qui n'est pas à vous ?...

Je répondis assez vivement :

— Mais je n'ai pas de maîtresse.

Un externe qui me connaissait un peu, parce qu'il habitait comme moi chez le père Sadran, mais qui respectait, sans la comprendre, ma sauvagerie, intervint, et dit crûment :

— Daucy, une maîtresse ! qu'est-ce qu'il en ferait, ce puceau-là !

Le chef s'était arrêté brusquement.

— Allons donc ! Quel âge avez-vous ?

— Vingt et un ans.

— Et vous êtes... rosier !... Tout s'ex-
plique, ce teint, ces yeux, cet air morne...
Mais, mon ami, savez-vous où ça mène, à
votre âge, le rosièrat? Eh bien, ça mène à
l'hypocondrie. Et vous savez, l'hypocondrie, c'est le fourrier de la folie. Réflé-
chissez, c'est très sérieux ce que je vous
dis là. Tirez-en des conclusions... pra-
tiques...

I X

Plus je vieillis, — et je vieillis vite, des mois pareils valant des années, — et plus m'apparaît la stupidité et l'inutilité de la vie. Pour quoi vit-on ? pour quoi vis-je ? Certains ont un but : la gloire, l'ambition, les récompenses de *l'autre* vie. Virtualités, mirages, mais cela existe puisqu'ils y croient. D'autres sont entraînés par ce mobile : faire ce qu'ils s'imaginent être *le bien ;* ceux-ci veulent la richesse, tra-

vaillent une bonne partie de leur vie pour
l'obtenir,et,quand ils l'ont, agissent comme
s'ils ne l'avaient point. Je ne les plains
pas, ils ont encore eu l'illusion d'un but.
Mais combien d'autres sont misérables, ne
jouissant pas des minces joies matérielles
du présent, ne se pouvant consoler avec
l'espoir de l'avenir. Ceux-là, les plus
nombreux, ceux-là, la chair à malheur et
à misère, pour quoi vivent-ils ? Ils me rap-
pellent assez l'écureuil placide et résigné
qui monte interminablement les degrés
lassants de sa roue de fer. Songe-t-il que
c'est une roue sans fin ? Songent-ils que
c'est une vie sans but ?

Je connais à Saint-Roch des maçons qui
gagnent,depuis cinquante ans, trois francs
par jour, — tout juste de quoi s'abriter du
froid et de la faim, — leur femme est lessi-
veuse et son travail lui rapporte trente
sous. Ils rentrent tous les deux éreintés de
leur journée, croûlant de fatigue, muets et
mornes, n'ayant plus que la force d'avaler

la soupe commune et pas celle de vaquer
aux caresses permises ; ils restent toute la
vie quasi étrangers l'un à l'autre, et meurent sans presque s'être connus ; ils meurent à la peine sans avoir pu mettre dix
francs de côté pour la maladie qui pouvait venir et qui heureusement n'est pas
venue.

Eh bien, ceux-là, pourquoi vivent-ils ?
Pourquoi traînent-ils ce boulet qui pèse à
leur pied et endolorit leur chair ?

Pourquoi ne coupent-ils pas la chaîne ?

Ah ! c'est que leur cerveau, dont par
bonheur aucune instruction n'a déchiré
la brume, ne se préoccupe d'aucun problème ; et c'est qu'ils ont toujours vu la
vie ainsi leur être lourde de père en fils,
et que de père en fils leurs épaules rési-
gnées ne se sont pas soustraites au fardeau,
bien qu'ils n'aient aucune foi dans l'avenir,
car ils se souviennent du passé. De là leur
considération admirative et respectueuse
pour les bourgeois, ces heureux de la

terre qui n'ont eu qu'à faire fructifier l'argent que leur père a gagné pour eux, et pour qui le repos n'est pas le but mais bien l'occupation de toute l'existence.

Combien d'êtres qui n'ont jamais secrété une pensée qui soit bien à eux ? Combien de gens qui ne sont qu'un estomac et un ventre ? Combien pour qui vivre est simplement remplir, durant un certain laps de temps, un certain nombre de fonctions physiologiques, et dont l'unique préoccupation est de s'enquérir d'elles anxieusement chaque matin, et de surveiller amoureusement la façon, plus ou moins rassurante, dont s'accomplissent ces importantes fonctions. Ceux-là ne souffrent pas de la vie et ne songent pas à la quitter, ils s'y raccrochent, au contraire, de toutes les forces vives de leur organisme, de toute la puissance de leur terreur de quitter leurs jouissances matérielles ; et ceux-là traitent de malades ceux qui s'en évadent chassés pas l'écœurement.

Ces réflexions, et combien d'autres d'une
analogue amertume, me vinrent à la suite
de l'étrange conseil d'aller voir les filles,
que me donnait mon chef de service avec
une si parfaite sérénité d'âme. Ainsi donc
la débauche, la hideuse débauche est générale !

L'homme s'agite et sa chair le mène.
L'homme se croit libre et il est tenu en
laisse par ses passions ; il est le jouet de
ses *réflexes* et, dupe éternel de sa vanité,
il tient pour un acte volontaire ce qui n'est
qu'une exécution commandée par un besoin... La volonté est le « pouvoir exécutif »; le pouvoir « délibérant », c'est la physiologie. Le pouvoir exécutif n'agit jamais
qu'à la suite d'une décision prise par le
pouvoir délibérant. Ah ! pauvre microbe
humain, cambre-toi dans ton orgueil de
vibrion !

« Personne n'est chaste », affirme un prêtre sage. « Prenez garde à vous, présomp-
tueux qui vous targuez de continence, la

folie vous guette », prononce le médecin sagace !...

Et j'écoutais chanter en moi la voix mélancolique de Musset :

Ah ! malheur à celui qui laisse la débauche
Planter le premier clou sous sa mamelle gauche !

Ce soir-là, comme j'allais sortir, déterminé à dîner dans Paris pour donner un peu la volée aux papillons noirs qui battaient de l'aile dans mon crâne, Costelle, l'externe qui m'avait le matin, à l'hôpital, signalé à l'attention du chef, entra dans ma chambre. Sous le prétexte de m'emprunter ma *Physiologie de Béclard*, il venait surtout s'informer si sa révélation au chef ne m'avait pas froissé.

— En aucune façon, lui répondis-je ; pourquoi voulez-vous que la constatation d'un fait exact me fâche ?

Puis nous causâmes.

Il m'avoua franchement qu'il avait longtemps nourri de fortes préventions contre moi à cause de mon amour de la solitude, solitude uniquement récréée par les visites d'un vieux monsieur ; mais qu'il en était à peu près revenu.

— A peu près ? observai-je en souriant.

— Allons ! avouez, me dit-il pour expliquer cet *à peu près*, que vous êtes un affreux clérical.

— Je ne sais même plus, répondis-je, si je crois à Dieu.

Costelle parut abasourdi.

— Ah ! bien, vous pouvez vous vanter de tromper votre monde, vous, par exemple ! Mais voyons, reprit-il, puisque ce n'est pas par cafardise, alors pour quelle raison... fuyez-vous tant la société des hommes, et, encore davantage, celle des femmes ?

— Vous vous méprenez, dis-je, je ne la fuis pas. Je ne la recherche pas, voilà tout ; comprenez-vous la nuance ?

— Il y a pourtant des moments où

l'homme est bien obligé de rechercher la société au moins d'une femme.

— Je n'ai pas encore éprouvé ce... sentiment-là !

— Ah ! vous m'épatez, vous, par exemple.

Puis il reprit, au bout de quelques secondes de silence :

— Dites donc, étonnant philosophe, puisque nous sommes en train de bavarder, venez donc dîner à ma pension.

— Je vous remercie, la table d'hôte m'horripile, mon cher ami, mais, par contre, je serai très heureux si vous voulez accepter à dîner dans un petit restaurant que je connais et où nous mangerons bien.

Et je l'emmenai au cabaret de l'abbé Desmares.

— Aimez-vous le vin blanc ? lui dis-je.

— Mais certainement.

— Eh bien, garçon, vous nous donnerez du moutonne.

Le dîner fut très gai. Costelle mangeait bien et buvait sec. C'était un esprit à sail-

lies, ironique et d'apparence paradoxale,
parce qu'il ne prononçait jamais la phrase
attendue, toute faite, la phrase qui formule
la vérité acceptée par la généralité des
remâcheurs d'idées courantes. Il était un
peu du Midi, pas trop, juste assez pour lui
donner de la verve. Il lançait l'idée comme
une fusée, avec bruit, et s'estomirait devant le déploiement de sa gerbe lumineuse
et polychrome. Il semblait absolument
emballé par elle, il la soutenait avec flamme,
en convaincu qui n'admet pas qu'on puisse
penser le contraire. Et quand timidement
j'insinuais : — Croyez-vous ? — Costelle
s'arrêtait court et disait :

— Hé ! vous ne pensez pas ? Peut-être
bien. Après tout, je n'y tiens pas *otrement.*

Et il riait d'un bon rire clair, communi-
catif, qui découvrait ses dents saines et
blanches.

Je dis tout à coup, l'addition soldée :

— Costelle, mon ami, je suis abominablement gris.

— Té, fit-il, tu n'es pas le seul, *heu-
reusemengue !*

Je sentais en effet une ivresse douce qui
me submergeait lentement le cerveau. Il y
avait entre moi et l'extérieur comme l'in-
terposition d'une eau glauque, mais très
limpide, qui m'entrait en bourdonnant dans
les oreilles et dans les yeux dont les paupières papillotaient. Les objets me paraissaient considérablement grossis et les
bruits diminués. Mon ami me parlait avec
une voix douce, molle, comme lointaine ;
il me semblait que j'avais dans les oreilles
de la ouate qui filtrait les sons. Et je me
sentais très joyeux. De tout, de rien,
joyeux sans cause, attendri, très bon, le
cœur ouvert, avec d'incalmables besoins
de m'épancher, d'aimer quelqu'un, de serrer un corps de femme entre mes bras et
de promener lentement mes lèvres sur
toute sa peau. Dans la rue nous marchions
très droits, bras dessus bras dessous, silencieux d'aise, les chapeaux un peu sur la

nuque, des lueurs de gaîté dans nos yeux
un peu troubles, un sourire béat sur la
lèvre. La nuit était venue, une nuit claire
et tiède de Juin, zigzaguée du vol de bruits
flous dont il m'aurait été impossible de
préciser les causes. Nous débouchâmes
tout d'un coup sur une avenue immense,
plantée d'arbres superbes, dont les fron-
daisons incomparablement touffues s'en-
chevêtraient, comme dans une forêt cente-
naire. De vastes trottoirs pleins de monde
bordaient la chaussée, si large que des
gens assis en face, à la terrasse d'un café,
me parurent tout petits.

— Où sommes-nous donc ? m'excla-
mai-je. Qu'est-ce que ce magnifique boulevard.

Costelle semblait aussi ahuri que moi.

— Ma foi, dit-il, je n'en sais absolument
rien. C'est bien la première fois que je le
vois. Comment diable sommes-nous arrivés ici ?

— Tâchons de lire sur la plaque, dis-je.

Nous nous approchâmes ; les lettres blanches dansaient devant nos yeux sur leur fond d'azur. Pourtant, peu à peu, leur sarabande s'arrêta, et nous déchiffrâmes : « boulevard Saint-Michel », pris d'un rire fou qui ne s'arrêtait plus...

— Sommes-nous assez gris ! s'exclama joyeusement Costelle.

Nous marchions toujours, pris d'un besoin de brûler par l'exercice l'alcool emmagasiné. Tout à coup, nous nous arrêtâmes devant un porche auréolé de lumière.

— Suis-moi, dit Costelle.

— Où me mènes-tu ?

— Viens toujours.

— Qu'est-ce que c'est que cet Alhambra ?

— Bullier, parbleu.

Bullier ! Je ne vis tout d'abord que des tournoiements vagues, dans un poudroiement de lumière. J'entendais des hurrahs frénétiques, des applaudissements, des

clameurs qui me laissèrent quelques secondes les oreilles bourdonnantes. Puis,
dans la cohue noire, où çà et là les femmes
faisaient onduler des taches claires, des
courants tout à coup creusaient des vides
où je m'enfonçais, les yeux écarquillés,
tâchant de voir, m'infiltrant dans les haies,
m'insinuant des épaules, rendu hardi par
le « moutonne ».

Je me trouvai brusquement, par le hasard des bousculades, poussé au premier
rang d'une haie épaisse entourant un quadrille. Je ne vis d'abord rien d'extraordinaire légitimant cet entassement de curieux, ces cris, ces acclamations. Les deux
couples tournaient correctement sur place
en se tenant par la main. Puis les tournoiements s'arrêtèrent. Et, dans le cercle,
des vociférations retentirent : « Chahut!
chahut! » La danseuse qui était en face de
moi, de l'autre côté du quadrille, s'avança
seule, mitraillée par deux cents regards.
C'était une grande blonde, aux cheveux

dorés, assez jolie, la figure impassible comme celle d'une Anglaise, la robe très serrée à la taille et bouffant aux seins. Elle s'avança en battant une succession de petits entrechats précipités, la tête penchée alternativement à droite et à gauche, avec des ondulations de hanches et de torse. Elle tenait modestement, entre le pouce et l'index, sa robe discrètement soulevée sur un jupon blanc bordé d'une large bande de dentelle. Elle était si blonde, si gracieuse et si chaste, qu'elle avait l'air de dessiner un menuet du vieux temps.

Et les cris redoublèrent : « Chahut ! Chahut ! Plus haut ! »

Alors, la jolie blonde leva son jupon qu'elle secoua pour faire glisser les autres, ses bagues chatoyèrent, et dans un bouillonnement de choses blanches ses chevilles parurent, minces et fuselées, s'effilant dans des bas cerclés de raies menues multicolores, et ses pieds grassouillets, à

l'étroit dans ses souliers très découverts,
se cambrent sur de hauts talons. Puis
elle se courba dans un geste savant qui
montra l'albe oméga de ses seins par la
robe entrebaillée, et, se relevant tout d'un
coup, elle disparut jusqu'aux yeux derrière un nuage de dentelles flottantes
et de jupons qui faisaient la roue, ou plutôt qui simulaient une colossale rose
blanche dont tous les festonnements des
dessous groupaient comme une corolle
tremblotante et d'où émergeait, pistil
symbolique et charmant, d'admirables
jambes jarretées d'une cascade de rubans
mauves, des jambes de Vénus moderne,
d'un dessin pur et d'un modelé doux à
l'œil, nerveuses à la fois et rebondies,
issant de la batiste du pantalon, si ténue et
si diaphane, qu'on l'eût dit rose.

Une rumeur admirative gronda dans le
cercle des spectateurs.

Mais elle, maintenant tout près de moi,
sautilla un instant sur un seul pied, l'autre

en l'air, et rabattit brusquement dans une vire-volte ses jupons, qui me soufflèrent au visage leur vent imprégné d'iris et d'arôme de femme. Puis ce fut une immense clameur, et j'entrevis dans un éclair la danseuse qu'on emportait, en triomphe, juchée sur les épaules d'un groupe hurlant, vers le jardin...

Ce fut seulement alors que je m'aperçus que j'avais perdu Costelle dans la cohue.

X

— Hé ! Daucy !

Combien y avait-il d'heures que je tournais, me laissant aller au courant, la pensée perdue, le regard en dedans sur cette
jambe en l'air que je voyais toujours avec
son mollet cambré, son bas fin, sa jarre-
tière douce à l'œil, et cette petite bande
de neige que le pantalon un peu court
avait en glissant laissé voir. Quoi, c'était
ça, la hideuse débauche ? Hé ! hé ! hideuse !

Cela vous plaît à dire, ô Morale de mes Pères ! Mais votre « hideuse » ne ressemble-t-il pas au « je n'ai pas faim » du soupeur repu !

Et des phrases ronronnaient dans mon crâne, se heurtant bruyamment. « Personne n'est chaste... » « Malheur à celui qui laisse la débauche... » « Gare à vous ! l'incontinence ! l'hypocondrie !... » Puis soudain, dans un brusque retour vers le passé, j'entendais glapir la voix aigre de ma mère, me criant, de son lit, tous les soirs, au moment où j'éteignais ma lumière : — « Marie-Joseph ! As-tu offert ton cœur au bon Dieu ? » Et je murmurais, les dents serrées, en tournant dans cette foule où se braillaient les apostrophes les plus crues : « Mon cœur au bon Dieu ! Ah ! oui, les vieilles blagues ! »

D'étranges chaleurs m'envahissaient... Et toujours cette jambe !... J'aurais compté les raies du bas...

— Hé ! Daucy !

C'était Costelle qui m'arrachait à ma
rêverie. Il était installé en face d'un bock
dans la galerie de bois qui dominait la
salle. Au moment où j'arrivais près de lui,
il serrait la main d'une femme, que je reconnus pour l'avoir remarquée dans un
quadrille à cause de la façon singulièrement lascive dont elle dansait. Elle était
brune ou plutôt noire comme la nuit.
L'iris de ses yeux était si foncé qu'il se
confondait avec la prunelle, ce qui lui donnait un regard étrange, d'une vivacité et
d'une acuité extrême et qui luisait comme
un œil de fauve au milieu de son teint mat,
mais dont il était impossible de définir
l'expression. Elle avait les lèvres si rouges
qu'on les eût dit à vif, et sa mâchoire inférieure avançait sous la supérieure d'une
façon animale qui violentait l'attention.
Quand elle parlait, il tremblait comme un
rire au fond de sa voix, si bien qu'elle
semblait se moquer à la fois d'elle, de ce
qu'elle disait et de celui à qui elle le disait.

J'étais resté longtemps à la considérer
et elle avait paru remarquer et encourager
mon attention. Elle était habillée d'une
robe flottante qui ne précisait aucune
ligne de son corps, ne soulignait aucun
relief et permettait aux imaginations de
vagabonder à leur aise ; mais la largeur
de ses épaules et la finesse de sa taille
qu'il lui était impossible de cacher, révé-
laient qu'elle ne pouvait être mal faite.
A l'encontre de la plupart des femmes qui
prenaient prétexte de la température pour
exhiber le plus qu'elles pouvaient de leur
poitrine, Antonia, — j'ai su son nom depuis,
— était colletée haut, et ses manches très
serrées descendaient jusqu'à ses poignets
minces qu'aucun bijou ne déparait. La
danse n'était pas un prétexte à montrer la
couleur de ses bas et à dévoiler le parfum
de ses dessous ; elle dansait des hanches,
comme une bayadère, et la mimique de son
visage vous soulevait l'épiderme d'une
tempête de frissons tumultueux.

Elle m'adressa brusquement la parole quand elle me vit m'asseoir à côté de Costelle :

— Dis donc, monsieur, vas-tu être plus aimable que ton ami ? J'ai soif et c'muffe-là me refuse un bock.

Je compris que ce refus de Costelle provenait de son appréhension de me contrarier. Je rougis violemment et je balbutiai :

— Voulez-vous me permettre, madame, de vous l'offrir ?...

— Mais j'te crois que j'te permets. Hé ! Louis ! un baquet !

Elle s'assit entre nous deux en souriant. Son sourire était singulier. Il ressemblait assez au rictus d'un joli animal qui va mordre. Il découvrait la mâchoire supérieure seulement, la mâchoire rose plantée de petites dents très blanches, mais étroites et pointues comme des dents de scie. Je ne trouvais rien à lui dire, d'autant moins qu'il s'exhalait d'elle un parfum capiteux qui réveillait mon ivresse assoupie et me fouettait le sang. Je ne trouvai pas autre chose que cette question bête :

— Comme vous sentez bon !... Qu'est-ce que vous sentez donc comme ça ?

Elle répondit avec un rire qui claironna comme un trille de trompette.

— Eh ! c'est mon parfum naturel, monsieur !

Puis, après m'avoir dévisagé une seconde de ses inquiétants yeux sans regards, elle ricana :

— Hé ! Thomas, vas-y voir, si tu n'y crois pas !

Brusquement, elle m'avait pris la tête dans son bras et plaqué le visage contre son aisselle...

Je me relevai de là si pâle et avec des yeux si flambants que Costelle prit peur et murmura :

— Antonia ! prends garde ! il est gris...

La fille me dévisageait, ébaubie de mon trouble.

— Mâtin! fit-elle placidement, t'en faut
peu pour t'allumer, toi.

Je m'étais levé, les artères en feu, les
tempes battant la charge, le cerveau en
ébullition ; je venais d'être mordu par la
dent aiguë du désir ; je me sentais pris,
envahi tout entier, impulsé par un besoin
incoercible de posséder cette femme *tout
de suite*. Je sentais que je ne m'apparte-
nais plus et qu'une résistance de sa part
pouvait me pousser à d'irréparables
malheurs. Ah ! je n'étais plus blême,
maintenant ; mon sang circulait avec une
violence inouïe, je le sentais qui me brûlait les oreilles, où la véhémence des batte-
ments m'assourdissait, et m'injectait les
yeux, m'aveuglant à tel point que je fus
obligé de me rasseoir. J'avais dans le
crâne comme une forge qui ronflait avec
des marteaux me heurtant en cadence...

J'avalai coup sur coup trois grands
verres d'eau frappée et je repris un peu
mes sens.

Antonia me dévisageait curieusement,
comme on regarde un phénomène. Elle me
dit, en gouaillant légèrement :

— C'est vrai que tu l'as encore ?

Je m'étais levé, très lucide maintenant,
mais absolument obsédé par mon désir. Je
répondis :

— Veux-tu que nous allions chez toi ?

— Comme ça ! tout de suite ! plaisanta-
t-elle. Est-y épatant !...

J'étais secoué d'un frisson qui me faisait trembler des pieds à la tête. Mes
mâchoires contractées avaient peine à articuler un mot. Je fis de la tête un signe
affirmatif.

Il est probable que Costelle l'avait
décidée à l'avance, car elle passa son
bras sous le mien de la meilleure grâce du
monde, pendant que l'étudiant traçait dans
l'air le simulacre d'une bénédiction faiote
et se perdait dans la foule.

— Qu'as-tu donc à trembler comme
ça ? me dit Antonia, comme nous traver-

7.

sions la chaussée vers la station des voitures.

Et presque tout de suite elle ajouta,
ce qui me dispensa de répondre à son
observation :

— Ah ! mais, tu sais, c'est pas la peine
de prendre un sapin, je demeure tout
près.

— Où demeures-tu donc ? demandai-je,
heureux de ce sujet de conversation tout
indiqué.

— Rue Saint-Jacques, presque au coin
de la première rue que nous allons rencontrer à droite... Mais dis donc, chéri,
avant, tu vas m'payer une soupe ; là, tout
à côté, à la « Grenouille » ; j'ai faim.

Je secouai la tête et je l'entraînai, un
peu maugréante, vers sa demeure.

— Mon Dieu, qu't'es donc bébé, disait-
elle, peu à peu résignée. Voyons ! un peu
plus tôt, un peu plus tard...

J'étais retombé dans un silence bizarre,
fiévreux, préoccupé, empli de chaleurs

qui montaient par bouffées et me jetaient
des flots de sang dans les yeux, talonné
par un désir impérieux que je me sentais
impuissant à museler et qui meuglait avec
rage, et qui captivait à tel point toute mon
attention, accaparait si totalement toute
ma pensée, que je ne trouvais plus un mot
à dire, en dépit des efforts que je tentais
pour m'arracher à cette obsession...

Nous nous engouffrâmes dans un corridor tellement étroit que mes deux coudes
le frôlèrent, et si complètement dépourvu
d'éclairage que la fille fut obligée de me
donner la main dans les ténèbres pour me
guider le long des marches d'un escalier
raide où je trébuchais presque à chaque
pas. Au second, elle s'arrêta, tira un loquet
de sa poche, puis une boîte d'allumettes-
bougies. L'allumette éclaira une sorte de
petit salon exigu tendu en rouge vif. A
droite et à gauche deux portes se dissi-
mulaient sous d'épaisses tentures rouges.
Elle ouvrit celle de gauche, m'introduisit

dans une chambre où elle alluma deux
flambeaux et me dit :

— Déshabille-toi, je reviens.

Et elle disparut. Il me sembla qu'elle
ouvrait l'autre porte et qu'une sorte de
râle en sortait, pendant la seconde qu'elle
mit à ouvrir et à refermer la porte.

L'ivresse m'avait ressaisi. Les objets
tournaient autour de moi et j'avais comme
une pesanteur douloureusement oppressive au poumon. J'entrevoyais vaguement
un lit haut sur lequel l'édredon bombait
comme un ventre, sous des rideaux rouges
festonnés d'une guipure blanche. Le reste
se confondait, dans le tournoiement, en un
cercle rouge, çà et là taché de blanc, qui
m'enfermait hermétiquement. J'eus comme
la sensation hallucinante d'être emprisonné
dans une boule sans ouverture. Je m'étais
pourtant assis par terre, déshabilié tant
bien que mal, et, après des efforts pénibles,
glissé entre les draps, imprégnés d'un
parfum très fort qui donna un coup de

louet à ma griserie. J'avais autour du front, d'une tempe à l'autre, un croissant métallique dont les deux extrémités se resserraient, en comprimant violemment les tempes ; il me semblait que, sous cette pression, ma tête s'aplatissait, et que mon front grossissait, grossissait comme celui d'un hydrocéphale. Puis un mouvement se produisit dans le lit, un mouvement doux de roulis qui me berçait et qu'interrompait parfois une violente secousse de tangage qui approchait du plafond tantôt ma tête et tantôt mes pieds. Je voulus me lever, mais mes membres avaient leurs muscles comme paralysés, aucun ne remua. Et le roulis me reprit, je roulais, je roulais... Les bougies voilées d'abat-jour glauques baignaient la pièce d'une lumière d'eau, trouble et remuante... Je m'endormis...

XI

Je fus réveillé par les cris de la rue :

— Pois verts ! pois verts ! pommes de terre au boisseau, pommes de terre !

Un jour pâle venait de la fenêtre, malgré les persiennes closes et les lourds rideaux tirés. Dans la pénombre de la chambre, j'aperçus sur le tapis, épars et glissés des chaises, mes vêtements pêle-mêle avec les jupons et les bas d'Antonia. Elle dormait, la face à la muraille. J'entendais son souffle tranquille qui sifflait entre ses lèvres ouvertes.

Tout à coup, un doigt discret heurta la porte. Antonia s'était retournée et s'appuyait sur son coude, je ne fis pas un mouvement et je refermai les yeux. Je la sentais qui retenait sa respiration pour mieux écouter et qui se frottait les yeux pour chasser l'engourdissement du sommeil. On recommença de frapper deux coups un peu plus nets. Et Antonia murmura, en prenant bien garde de m'éveiller :

— Entrez.

Et j'entendis le frôlement sur le tapis de la porte qui s'ouvrait. Une voix sèche dit :

— J'crois ben qu'alle est en train de passer.

Antonia m'enjamba doucement sans répondre, et j'entendis le frou-frou du jupon qu'elle enfilait précipitamment.

Qu'est-ce que c'est que tout ça? songeai-je, écœuré de ma nuit, la bouche et la pensée empâtées de dégoût.

Antonia sortie, je ne pus résister plus longtemps à ma hâte de fuir. J'avais la peau cuisante, parcourue de démangeaisons. Une irrésistible envie me talonnait de me plonger au plus vite dans un bain épurateur où se dissoudraient toutes les hontes de cette nuit de bestialité, où je me laverais de ces baisers et de ces caresses, de ces étreintes et de ces enlacements dans la folie desquels j'avais cherché le plaisir et où je n'avais trouvé que le mépris nauséeux de l'humanité s'abusant à de telles turpitudes.

J'aurais voulu m'esquiver sans bruit, après avoir laissé bien en vue, sur le marbre de la cheminée, l'offrande règlementaire, mais le bouton que je tournais tout doucement grinça soudain, et comme j'arrivais dans le petit salon je vis l'autre porte s'ouvrir et Antonia parut, refermant le battant très vite derrière elle. Pas si vite cependant que je ne visse, dans l'entrebaillement rapide, deux grandes bou-

gies qui brûlaient comme des cierges sur
la table de nuit, éclairant, dans le lit, un
profil de femme immobile, couchée sur le
dos, avec un crucifix entre ses mains
jointes. Son visage était si blafard et ses
traits si tirés que ce ne pouvait être qu'un
cadavre.

La fille comprit à mon attitude que
j'avais vu. Elle crut obligatoire de me
donner quelques mots d'explication. C'était
une camarade, malade depuis longtemps,
et qui venait de mourir. « Ah ! la vie
n'était pas au fond ce qu'elle paraissait à
la surface. Elle avait eu bien du mal ces
derniers temps, il fallait qu'elle travaille
pour deux. C'est que le médecin ne se
dérange pas pour rien. Une fois, il y en
avait eu un qui s'était payé en nature, mais
il n'était pas revenu. Et puis ces voleurs
de pharmaciens, en voilà qui ne donnaient
pas leurs drogues ! »

Et elle s'interrompit pour s'étonner de
me voir habillé si tôt. Je balbutiai quelque

vague explication: étudiant en médecine...
l'hôpital... la visite...

Antonia n'insista d'ailleurs pas. Elle
minauda :

— Tu es content de moi ?... tu revien-
dras... ?

Puis, sautant brusquement d'un sujet à
un autre, elle me dit en riant, tout bas à
cause de la morte :

— Ah! ben, tu sais, t'avais rien ta
cocarde, hier au soir... J'parie qu'tu n'sais
pas c'que tu m'as fait...

Je bredouillai, pressé de me soustraire
à ses révélations :

— Non ! mais adieu, adieu, je suis déjà
en retard.

— Dis donc, chéri, pria Antonia, comme
je lui donnais une dernière poignée de
main sur le palier de l'escalier, si t'étais
bien gentil, ça ne te dérangera pas beaucoup, tu mettrais cette lettre-là à la
poste.

Dans la rue je regardai la suscription.

Elle était écrite d'une main hésitante et comme précipitée. Et je remarquai qu'elle était fermée à peine. La colle, léchée par une langue hâtive, n'avait pas adhéré partout. Je fus, presque tout de suite, tourmenté d'une violente et fébrile envie de violer ce cachet si peu hermétique, de lire cette lettre que le hasard mettait entre mes mains, et qui, j'en étais sûr, me dévoilerait un coin du mystérieux de la vie... Je la tournais et la retournais avec agacement, mes doigts impatients la froissaient nerveusement, et tout à coup, mû par une impulsion que ma volonté un instant paralysée fut impuissante à maîtriser, mon index, en un mouvement brusque, se glissa par l'entrebaillement de l'enveloppe, dont le bec, comme s'il eût été de connivence avec ma coupable et morbide curiosité, se détacha dans un petit claquement sec.

L'ardeur de mon désir de lire cette lettre était si forte que ce ne fut qu'à la réflexion, et longtemps après, que l'infamie de mon action m'apparut ; mais dans le moment, le grondement sourd de ma conscience était étouffé, et je n'entendais que l'*ordre*, venu je ne sais d'où, certainement ni de ma raison, ni de ma volonté, ni de mon intelligence, mais si impérieux que je ne pouvais pas ne pas obéir : l'ordre de lire cette lettre.

Je note surtout ce détail, parce que c'est le premier acte impulsif auquel j'ai obéi sans le discuter, parce que c'est la première fois que ma volonté, toujours maîtresse souveraine et dominatrice, a été battue en brèche. Le lendemain, il est vrai, à sens rassis, j'ai trouvé cette explication que le fait s'est produit après une nuit d'excitation nerveuse qui, évidemment, avait amoindri mon pouvoir volitif. L'affaissement physique et l'affaissement moral se tiennent et se commandent. J'étais faible, physiquement : moralement, j'ai faibli. C'est tout naturel.

C'est tout naturel, mais cette excuse à ma faute, cette explication de ce premier symptôme, n'est-elle point une lâcheté nouvelle, un artifice ingénieux, mais misérable, s'essayant, inconsciemment peut-être, à tromper ma sagacité ?

La lettre, la voici ; je l'ai copiée et l'ai conservée comme un document cynique et navrant avant de la jeter à la poste.

Elle était adressée à M. X. X. homme de lettres, rue... Paris ; le nom d'un raté, vide de talent, mais plein de fiel et d'envie, qui n'avait jamais pu se faire imprimer dans une feuille quotidienne, et qui se mourait de jaunisse. Je n'en change pas une virgule :

« Mon cher ami,

« Je t'annonce dans ma dernière lettre que je serai promptement et entièrement remise, je suis désolée de t'apprendre le contraire. Quelques jours après ma pre-

mière lettre, je suis retombée dans mon
état de faiblesse. Mon vieux a fait venir le
médecin qui lui a donné à comprendre qu'il
faudrait un temps énorme et des soins
inouïs pour me rendre la santé, il me dit
très affaiblie, usée, et craint d'un jour à
l'autre une forte péritonite. Pour moi, mon
pauvre X... je suis finie, je m'en vais; ou
je me trompe fort, ou c'est ma dernière
lettre.

« Comme je me sens heureuse de partir!
car je le sens et je l'avoue avec terreur, je
devenais misérable.

« Pauvre ami, si comme je le suppose
tu as remarqué ma décadence, plains-moi,
ne me méprise pas; car j'ai tout enduré,
faim, tortures, sarcasmes, conservant toujours au fond de moi un faible espoir de
me relever.

« Aujourd'hui tout est perdu, car je
n'ai plus ni cœur, ni passions, ni santé; en
un mot, rien de ce qui peut aider une
femme à sortir de la boue.

« Je n'ai plus que haine, désir de ven-
geance pour tous ces hommes, beaux,
laids, jeunes ou vieux, dont je connais la
vilenie, et qui non contents de me faire as-
souvir leurs immondes passions, de se jouer
de ma faim, de lever le siège sans payer
ou de vouloir profiter de mon vice, poussaient encore l'audace jusqu'à me mépri-
ser et m'insulter.

« Mon ami, je meurs de chagrin d'être
devenue si basse, si vile ; car il faut tout
te dire : tandis que j'habitais avec toi,
lasse de courir en vain et bureaux de pla-
cement et magasins, je raccrochais, et c'est
là que je me suis perdue. Si perdue que je
désire de grand cœur en finir avec la vie
plutôt que de tomber plus bas encore.

« Il est plus que probable que quand tu
liras cette lettre, je serai à six pieds sous
terre ; dans tous les cas, je vais te donner
mon adresse pour que tu puisses avoir de
mes nouvelles. Je te pardonne tes petites
méchancetés qui avaient pour but de me

pousser au travail et j'espère que de même tu me pardonneras le mal involontaire que je t'ai fait.

« Si j'ai un conseil à te donner, renonce à tes idées de gloire et de fortune, ce rêve sans réalisation pourrait te tuer comme m'a tué mon rêve de réhabilitation.

« Mignon, du courage au travail surtout, ne t'attache à personne, affection et amour ne sont que folies.

« Adieu, sur terre, au revoir dans un monde plus heureux.

« Ta seule amie,

« LOUISE. »

« Un dernier mot.

« J'ai longuement réfléchi au sujet du peu de linge que j'ai et j'ai pensé qu'en le mettant chez la blanchisseuse que tu connais, je pourrais en cas de vie le retrouver ou que tu pourrais en cas de mort le retirer et t'en servir pour raccommoder le tien où te faire du linge en cas de maladie.

« Voici la liste du linge :

« 3 paires de bas de coton.

« 1 chemise de femme.

« 4 faux-cols droits.

« 2 mouchoirs blancs.

« 1 mouchoir marqué L. à bords vio-
lets.

« 2 pantalons blancs. »

Alors, c'était ça ! la Noce ; *faire la noce !*
comme ils disent, les gens de bien ! avec
une moue d'indignation à leurs lèvres. La
Noce ! Ça ! Tas de crétins !

XII

. . . .

Je viens de relire les pages qui précè-
dent, et c'est avec une satisfaction non dis-
simulée que je n'y constate aucune trace
d'incohérence. Le récit, au contraire, est
précis, froid et méthodique, et n'indique
aucun trouble essentiel du cerveau. Les
dernières pages, toutefois, portent la mar-
que d'un plus vif intérêt pour le sujet. Le
roman de ma vie me captive et je raconte

avec complaisance ; je n'omets pas un détail, je déploie puérilement de la mise en scène. Pourquoi ?

Pourquoi ? C'est inconsciemment pour me prouver à moi-même que mon cerveau vibre encore, que si ma raison chancelle, elle n'a pas encore trébuché.

Et puis, j'ai bâti cette constatation consolante : c'est que mon mal paraît moins radical depuis que j'ai eu le courage de le regarder face à face.

Je suis ainsi bâti que je souffre plus de l'attente d'un malheur que du fait de ce malheur ; plus de l'appréhension que de la réalité.

Oui, c'est d'abord ce que je me suis dit. Puis, me sentant assez fort pour tenter cette expérience décisive, j'ai été à Sainte-Anne comparer au mien l'état mental des internés. Et j'en suis revenu avec, sur mon carnet, cette phrase affreuse du docteur Ball, entendue à son cours sur les prodromes de la paralysie générale :

« J'ai dans ma bibliothèque des volumes de vers dont l'inspiration est due à
la période d'excitation intellectuelle de la
paralysie générale. Je connais dans la
presse française des journalistes, des po-
lémistes très admirés, dont le talent est
admis par tout le monde sans conteste, et
qui, pourtant, doivent toute la verve et tout
l'esprit de leurs articles uniquement à la
période d'excitation de la paralysie générale. »

Ainsi, la lucidité de ce commencement,
qui me rassurait, ne prouve rien. Cela
peut être « dû à la période d'excitation
de la paralysie générale ».

Ah! pourquoi suis-je allé là-bas, pour
en rapporter, avec cette phrase cruelle, la
poignante et douloureuse impression qui
m'a, tout le temps de la visite, angoissé
comme un cauchemar.

Costelle m'avait dit, un matin :

— Viens-tu dimanche à Sainte-Anne?
Ball doit faire la paralysie générale, tu

sais, la maladie des hommes de lettres, le surmenage, etc. C'est intéressant,

J'y allai.

L'entrée de Sainte-Anne est presque riante. Une large allée de marronniers touffus, bordée de jardins fleuris, vous conduit aux pavillons. Nous poussâmes, à gauche, une grande porte vitrée et nous pénétrâmes dans une sorte de petit parc herbeux et ombragé, où des hommes habillés de gris et coiffés de yokos se promenaient, les uns solitaires et mornes, les autres par bandes, guillerets et devisant. Je me crus dans le jardin d'un hôpital quelconque, en présence de convalescents renaissant à la santé. Peut-être n'y avait-il pas que des fous à Sainte-Anne. Je dis à Costelle :

— Qu'est-ce que c'est que tous ces malades ?

Costelle me dévisagea avec étonnement.

— Mais, dit-il, ce sont les fous.

Je fis comme un mouvement en arrière.

8.

— Comment ! les fous !

— Ah ! oui, tu les croyais tous enfermés... Oh ! ne crains rien, les agités sont en cellule ; ceux-là sont calmes.

Un... malade s'était approché de nous, discrètement, son chapeau de paille à la main.

— Excusez-moi, messieurs, de vous déranger. Mais... monsieur (il s'adressait à Costelle), est-ce que vous avez pensé à moi ? Avez-vous parlé de moi à M. Ball ? Oh ! monsieur, je suis si malheureux d'être ici... Je ne suis pas fou, moi, monsieur, je ne suis pas fou, je ne demande qu'à le prouver. Que M. Ball me fasse donner les instruments que je lui ai demandés, et vous verrez, monsieur, que je ne suis pas fou...

Le pauvre garçon avait un air triste et bon qui m'impressionnait vivement. Dans son regard doux ne se lisait qu'une résignation accablée, et il n'y luisait aucune lueur de folie.

Costelle lui répondit :

— Soyez tranquille, soyez raisonnable, mon ami, je m'occupe de vous.

Quand il se fut éloigné, je ne pus m'empêcher de dire vivement à mon ami :

— Voyons ! celui-là n'est pas fou... Pourquoi l'enferme-t-on ?

— C'est un maniaque, dit placidement Costelle. Il a inventé le mouvement perpétuel. Son système, en deux mots, le voici. Une roue à auge. Une chute d'eau qui tombe de haut sur la roue et l'actionne, un bassin, dans le bas, pour recueillir l'eau. Et, pour perpétualiser le mouvement, — c'est là où ça cloche, — un siphon prend l'eau dans le bassin et la conduit à la chute d'eau. Personne ne peut lui faire comprendre que l'eau ne *montera* jamais dans son siphon, et que par conséquent le mouvement de la roue s'arrêtera quand la chute d'eau manquera d'eau.

— Je te concède que c'est... insensé, mais enfin, il n'est pas dangereux, cet inventeur-là, pourquoi l'enferme-t-on?

— Parce que, à un moment donné, il est susceptible de devenir furieux et de tuer.

— Comment! cet homme qui a l'air si paisible!

— Suppose une discussion dans laquelle il développe son système : on lui dit brutalement que c'est idiot, il s'irrite ; l'interlocuteur insiste, lui s'exaspère, et le voilà la proie d'un accès de démence furieuse. S'il a une arme sous la main, il peut commettre un crime. Donc, la société est en droit de le mettre hors état de nuire.

J'étais attéré, parce que tout d'un coup cette affreuse pensée m'était venue : « Je suis peut-être plus malade que cet homme, peut-être suis-je capable d'une impulsion meurtrière ; peut-être que si quelqu'un pouvait lire dans mon cerveau, on m'enfermerait. »

Ce qui me sauve, au moins pour le mo-

ment, c'est que j'ai conscience de mon
état, que je peux lutter contre mes impul-
sions, d'une part, et, d'autre part, éviter,
jusqu'à ma dernière lueur de raison, jusqu'à l'ultime contraction de mon énergie,
de donner des armes à la société contre
moi. Mais... pourrai-je toujours, pourrai-je longtemps lutter ? L'heure n'est-elle
pas proche où la démence peut armer
mon bras ?... Ne suis-je pas susceptible,
moi aussi, moi le paisible et le Volontaire,
de devenir furieux et de tuer ?...

Voilà donc où j'en suis, actuellement,
de ma... Maladie. Ce retour sur moi-
même par le moyen de ce journal intime,
ce regard sur le passé, ce voyage à travers l'hérédité m'a été, en somme, plus
amène que j'étais en droit de le supposer.
De l'atavisme, rien de bien terrible à redouter. Alors... peut-être y a-t-il espoir ?
Mais enfin, d'où m'est venue, et comment,
cette angoisse dont je meurs, cette peur,

— peut-être injustifiée, — de devenir
fou ?

D'où ?

Ah ! je crois que je n'oublierai jamais
cette après-midi de Mai où tout à coup
l'affreuse idée *que je mourrais fou* me
traversa pour la première fois le cerveau.

C'était rue de Madame, l'été ; une cha-
leur lourde entrait par la fenêtre ouverte.
Je lisais un ouvrage abstrait de philosophie
sur lequel toutes les forces vives de mon
cerveau se concentraient. Un orgue de
Barbarie jouait, à peine entendu, dans le
lointain. Des bruits imprécis montaient de
la rue, bourdonnaient par toutes les fenêtres ouvertes. Je venais de lever les yeux
pour suivre au vol une idée que ma lecture
venait de faire surgir. Trois heures sonnè-
rent ; je me souviens de ce détail. Et tout
à coup il me sembla que je ne reconnaissais
plus ma chambre. Le soleil, difficilement
tamisé par la jalousie, l'éclairait violem-

ment, et le ton et la forme des meubles,
la teinte du papier, l'aspect de tous mes
objets familiers, l'air général de la pièce,
tout me parut changé. Et moi-même. Il
s'opérait en moi un phénomène inexplicable de *dédoublement*. Je me voyais regarder, je me sentais m'étonner, et une terreur
montait en moi, folle, inanalysable, sans
objet, une terreur qui me hérissait la peau
et y faisait rouler de grosses gouttes de
sueur. Je me levai précipitamment pour
chasser l'étrange obsession. Mais elle persistait. J'allai à la glace ; je ne me reconnus
pas. Mes oreilles bourdonnaient, ma tête
me semblait lourde, il me parut qu'elle
était agitée d'une sorte de tremblement et
qu'elle balançait à droite et à gauche. Je
marchai à grandes enjambées, et mes pas
résonnèrent singulièrement. Jamais le
plancher n'avait eu ce son. Je fis un mouvement pour avaler ma salive, un mouvement pénible parce que ma gorge était
sèche, et je dis tout haut, déterminé à

dompter quand même l'émotion qui me
gagnait peu à peu :

— Allons ! c'est stupide !

Mais cette tentative ne fit qu'augmen-
ter ma terreur. Ma voix avait un timbre
étrange, comme voilé, la voix qu'on a dans
les rêves. Et tout à coup je me mis à rire.
Cette idée me vint que tout ceci n'était
qu'un cauchemar. Il m'arrivait fréquem-
ment de rêver que je rêvais. C'était
cela, parbleu ; je rêvais, mais...

On frappa tout à coup à ma porte. Je
criai : Entrez ! Mais était-ce bien moi ? Ce
n'était décidément pas ma voix, celle que
j'avais d'habitude.

Costelle entra.

— Viens-tu dîner? dit-il.

Puis il me regarda.

— Qu'as-tu ? tu es pâle comme un figu-
rant de la Morgue.

Il me raconta par la suite que mes yeux
avaient le regard fixe et la pupille dilatée
des hypnotisés. Comme mes manières

étranges l'avaient déjà frappé, ces derniers temps, il s'avança brusquement vers
moi, me mit les mains sur les épaules, et
violemment me souffla au visage.

Je sursautai et l'étrange sensation disparut.

— Eh bé, qu'est-ce qui te prend,
mon bon, fit alors le carabin, est-ce que
tu fais des expériences d'auto-hypno-
tisme? C'est donc ça que tu as l'air si
bizarre depuis quelque temps.

Je ne répondis pas, parce que mes yeux
venaient de tomber sur le cadran de la
pendule.

— Il est six heures ! murmurai-je.

— Hé oui, il est six heures ! Mais d'où
diable sors-tu ?

— Ah ! d'où je sors... je ne le sais pas,
d'où je sors.

Ainsi, — je me souvenais fort bien
d'avoir entendu sonner trois heures au
commencement de mon... accès, — j'étais
resté *trois heures* dans cet état. Il y avait

9

eu une sorte d'arrêt de ma vie psycholo-
gique pendant trois heures. Pendant trois
heures, mon Moi avait échappé à ma direction comme à ma conscience...

———————

DEUXIÈME PARTIE

J

J'ai laissé, six mois durant, ce journal
de côté, tant mon dégoût de tout et ma
paresse de le formuler se sont tout à coup
accentués. Et j'y reviens pourtant, comme
revient à son miroir la coquette qui se sent
vieillir, avec l'appréhension de se trouver
une ride de plus. Moi, c'est avec l'épouvante de constater le progrès fait vers la...
Maladie !...

Déjà je n'ose plus écrire le véritable
mot.

Six mois.

J'ai quitté la rue Madame. La proximité
de Costelle m'était devenue insupportable.
Je ne pouvais plus manquer à l'hôpital
sans que cet encombrant bavard ne vînt
me relancer et m'en demander le motif.
Puis je ne veux plus voir l'abbé Desmares.
Ce placide philosophe m'est odieux. Il ne
sent pas le mal qu'il m'a fait, que m'ont
fait ses décevantes conversations. J'ai disparu. J'habite, place Daumesnil, un cinquième à balcon dont la vue reposante s'é-
tend de la butte du Père-Lachaise aux
masses vertes du bois de Vincennes. A
deux pas des fortifications. Personne ne
viendra troubler ma solitude. J'ai l'estime
de ma concierge parce que je ne rentre
jamais après dix heures, que je ne décou-
che jamais et qu'elle n'a jamais trouvé, en
faisant mon ménage, un jupon chez moi.
Et je puis, sans redouter l'investigation
indiscrète de Costelle ou l'arrivée intem-
pestive de l'abbé, me confiner dans l'ana-

lyse féroce et âpre de mon *Moi* lézardé
qui menace ruine.

J'ai reçu ce matin une lettre de ma mère.
Elle se plaint amèrement que mes études
n'avancent pas. Je n'ose pas encore lui
annoncer que je ne serai jamais « docteur »,
— c'est le dernier souci terrestre de la
pauvre femme qui, me disait l'abbé Desmares à sa dernière visite, ne vit plus
qu'en Dieu ; — je n'ose lui déclarer que la
médecine me dégoûte, que j'ai trouvé le
commerce là où je cherchais la science, et
que je ne serai jamais rien, rien, rien,
parce que rien n'existe...

Cette lettre m'a rappelé un peu à la réalité, que j'ai une tendance de plus en plus
irrésistible à confondre avec le rêve. C'est
même, depuis quelques jours, la cause
d'une souffrance morale très aiguë. J'ai
commencé par avoir des absences, — je
ne trouve pas d'autre mot pour caractéri-
ser mon état, — des absences très singu-

lières, que j'ai mises d'abord sur le compte
de la distraction, et pendant lesquelles ma
pensée flotte, comme indécise, sans s'arrêter à un sujet quelconque. Je ne pense
pas. Je ne peux pas penser. Les idées
n'ont aucune netteté ; elles sont comme
ébauchées, et à peine les entrevois-je que
leur silhouette est effacée déjà ; cela ne
peut mieux se comparer qu'à un dessin
rapidement fait sur l'eau et disparu avant
que l'œil en ait pu saisir le contour. Ces
jours-là, il me faut un effort surhumain de
volonté pour arrêter ma pensée sur un sujet,
si simple soit-il, encore m'est-il absolument interdit de l'approfondir et d'en tirer
des déductions. Et ce m'est une souffrance
telle qu'une sueur me monte au visage.
Certains soirs, c'est à peine si je puis lire ;
j'ai perdu le sens des mots. Il me faut reprendre trois ou quatre fois une phrase
pour comprendre.

Je subis les effets du surmenage sans en
avoir la cause,

A côté de ces troubles intellectuels que
je puis encore attribuer aux poussées
congestives du printemps, j'ai noté une
excessive exagération de mon habituelle
impressionnabilité. Le nervosisme a fait
chez moi, depuis six mois, des pas de
géant.

J'ai noté plus haut mes premiers troubles
intellectuels. Mes premiers troubles mo-
raux remontent assez loin. J'ai toujours eu
un penchant au mensonge. Ce côté de mon
caractère ne m'inquiéta pas tout d'abord
parce que j'avais remarqué que presque
tous les enfants sont menteurs par fanfaronnade, que tous grossissent tout ce qui
touche à leurs parents ; mais cette tendance
qui s'amoindrit d'ordinaire avec l'âge aug-
menta chez moi, à tel point que, jeune
homme, j'étais toujours obligé de m'observer lorsque je racontais à un tiers quelque fait dont j'avais été témoin ou bien auquel j'avais été mêlé comme acteur. Simple
témoin, je brodais toujours, j'amplifiais, je

grossissais pour paraître avoir vu quelque
chose d'extraordinaire ; acteur, je modi-
fiais le rôle que j'avais joué, je me prêtais
des mots qui ne m'étaient venus qu'à la
réflexion, des actes que j'avais ruminés
consécutivement en me disant : « J'aurais
dû dire ceci, j'aurais dû faire cela ». Un
peu plus tard, j'inventai des histoires de
toutes pièces, des accidents de tramways,
auxquels j'avais assisté, des récits de faits
divers très compliqués et qui mettaient en
relief mon esprit d'observation. Et, l'histoire racontée, des dégoûts me prenaient
de ma sottise et une révolte contre la mé-
diocrité de ces satisfactions d'amour-
propre, et des résolutions de me dominer,
que je ne pouvais tenir. Oui, que *je ne
pouvais*, car dans ce cas-là, le phénomène
singulier dont je souffris maintes fois,
depuis, la mortelle angoisse, se reprodui-
sait de telle façon que *pendant* que le
menteur placidement racontait son histoire, avec force détails, *l'autre* haussait

les épaules et maugréait, sans pouvoir l'arrêter : « Imbécile ! imbécile ! »

Le côté curieux de ce bizarre mouvement d'âme, c'est que le mensonge m'a toujours répugné et que la seule exagération des termes, dont, inconsciemment, presque tout le monde abuse à l'heure actuelle, me choque comme une fausse note, comme un manque d'harmonie. Ma mère ne peut s'imaginer à quel point èlle creusait chaque jour de ses propres mains le fossé qui nous sépara toute sa vie et nous fit si étrangers l'un à l'autre, lorsqu'elle me criait — de sa voix exagérée, elle aussi, — à propos d'une vétille, d'un pantalon sali, d'un peu de sueur qui venait mouiller mon front après un jeu : « Ah ! malheureux enfant, tu me feras mourir de chagrin ». Plus tard, les adjectifs « charmant, délicieux, adorable, ravissant », employés à tout bout de phrase par les femmes, à propos de choses insignifiantes, me mettaient hors de moi. Les formules de

politesse elles-mêmes, les banals : « Comment vous portez-vous ? » en arrivaient à
me heurter douloureusement les oreilles,
tant je flairais qu'elles sonnaient faux, et que
c'étaient toujours les plus indifférents qui
paraissaient s'intéresser le plus vivement à
votre santé. C'est ainsi que j'avais conçu
de l'estime pour le vieux pharmacien de
Saint-Roch, simplement parce qu'on m'a-
vait raconté qu'un jour une vieille dévote
mielleuse et cancanière lui ayant dit en
entrant : « Bonjour monsieur Guillaumin.
Comment allez-vous ? » il avait brutalement
répondu : « Qu'est-ce que ça peut vous
foutre à vous ? »

Alors comment expliquer ce besoin d'in-
venter qui me hantait parfois si impérieusement que j'en arrivais à raconter des
histoires, toujours fausses, à des voisins
d'omnibus, pour rien, simplement pour le
plaisir d'émettre un mensonge ; ce besoin
de trahir la vérité qui faisait qu'entre deux
récits indifférents, un vrai et un faux,

c'était toujours le faux que je choisissais,
de préférence, et qui, par un singulier
phénomène mental que je ne puis que
constater sans pouvoir l'expliquer, me
semblait être *plus vrai que l'arrivé*, — peut-
être parce qu'il était plus vraisemblable,
et que mon esprit, qui a l'horreur invincible
du compliqué, préférait admettre comme la
véritable vérité le *mensonge* pour cette
raison qu'il était simple, plutôt que la *vérité*
réelle si elle était compliquée. N'y a-t-il
pas là un commencement de perturbation
de l'être moral inquiétante pour ses con-
séquences inévitables ? Et cette scission
dans le *Moi*, cette séparation en deux
êtres distincts, l'un qui est impulsé à
mentir,— ou, pour parler plus exactement,
attiré vertigineusement par le mensonge,—
et l'autre qui assiste, spectateur et témoin
impuissant, audit mensonge, l'écoute, le
constate, le juge et le méprise, n'est-ce
pas les prodromes de ce genre de démence
particulière que j'ai été observer à Sainte-

Anne sous la dénomination très explicite de
« folie du dédoublement » ?

Folie du dédoublement, c'est encore la
constatation d'un fait et non son explication.
Les médecins ont toujours été de grands
trouveurs d'étiquettes, ne pouvant trouver
que cela. Ils ne sont entrés profondément
dans aucune maladie, peut-être parce qu'ils
n'ont observé qu'*in animâ vili*.

Il n'y a aucune différence entre la médecine et l'art vétérinaire. Les réponses
du malade déroutent le médecin plus
qu'elles ne le servent, pour cette raison
que presque tous les malades n'entendent
pas la question et ne peuvent y répondre,
et que ceux qui la pourraient entendre,
n'ayant jamais pu se rendre compte de leur
fonctionnement à l'état sain, ne peuvent se
rendre compte des modifications morbides.
Ils sont la dupe de fausses sensations, qu'ils
expriment avec des mots dont ils ne con-
naissent souvent ni le sens ni la portée. Je
me souviendrai toujours d'un malade venu

à la consultation gratuite d'un des médecins
de la Charité, le docteur Laboulbène, et
qui, à la question habituelle : — « Qu'est-
ce que vous avez, mon ami ? » fit cette réponse textuelle : — « J'ai comme qui dirait une idée qui me trifouille dans la tête
et qui me descend dans l'estomac, et pis
ai r'monte, et pis ça r'commence. » On ne
put jamais en tirer autre chose.

Peut-être cette monographie, si elle
tombait sous les yeux d'un compétent, lui
ouvrirait-elle des horizons nouveaux, mais
cette considération n'est d'aucune valeur
pour moi ; jamais un autre œil que le mien
n'en pénètrera le mystère. Il me faut cette
certitude, d'ailleurs, pour pouvoir mettre
ainsi à nu mon âme et ma pensée.

La folie consciente est-elle fréquente ?
Voilà un point sur lequel, — par crainte de
me trahir, — je n'ai pas osé interroger personne parmi mes maîtres ou mes camarades qui s'occupent de maladies men-
tales.

Une sensation qui m'est personnelle, du moins je le crois, est celle-ci, sur le côté curieux de laquelle j'ai longuement réfléchi et dont même je crois avoir à la fin trouvé une sorte d'explication quasi plausible.

Je l'ai éprouvée deux fois dans ma vie.

C'est, au moment où l'on vient de dire ou de faire quelque chose, la sensation extraordinairement troublante *d'avoir déjà dit*, exactement dans les mêmes termes, *d'avoir déjà fait*, exactement dans les mêmes circonstances, la *même chose*.

J'ai, moi, en outre, la sensation très nette d'avoir déjà vécu. Je sais où. C'est en Bretagne. J'ai été pêcheur, il n'y a pas plus de cent ans. Comment cette révélation d'une existence antérieure me vint-elle ?

Voilà quelques années, pendant mes vacances de rhétorique, il me fut donné de faire, en Bretagne, avec des amis, une excursion de deux mois. Un soir, nous arrivâmes, éreintés d'une course de quatre ou cinq lieues, affamés par la marche et l'air vif

qui soufflait de la côte, à Plougastel-Daou-
las. Nous pénétrâmes, un peu bruyamment,
dans la seule auberge du pays, tenue par
une grande femme brune dont je vois
encore le profil altier et le regard dur.
Fut-elle indisposée par notre intrusion
peut-être un peu cavalière ? Eut-elle l'appréhension de quelque orgie indécente ?
Je ne sais. Toujours est-il qu'elle refusa
absolument de nous donner l'hospitalité.
Mais je me souviens parfaitement qu'en
même temps que je prononçais cette
phrase : — « Allons, voyons, madame Salaün, faites-nous simplement une « cotriate », nous nous contenterons de cela, »
voilà que je me rappelai instantanément
que j'avais *déjà* prononcé la même phrase,
exactement dans les mêmes circonstances,
autrefois. Et je me souviens également du
trouble profond où cette réminiscence me
jeta.

— Qu'est-ce que c'est que ça, une « cotriate » ? me demanda un de mes amis.

— Eh bien, mais, répondis-je, comme si personne n'était en droit de l'ignorer, c'est de ce nom qu'on appelle ici la soupe au poisson, n'est-ce pas, madame Salaün ?

L'hôtesse fit un signe affirmatif.

— Tu es donc déjà venu en Bretagne ?

— Jamais.

— Alors comment sais-tu ?...

Je restai interloqué. Comment diable en effet savais-je ? Et je répétai : « cotriate, cotriate ». Phénomène singulier, à mesure que je réfléchissais et que je répétais le mot, il perdait de son sens ; il finit même par ne plus rien représenter pour moi, et je dus constater que j'avais absolument répété comme un perroquet. On me demanda encore :

— En as-tu quelquefois mangé ?

J'hésitai, sur le point de dire oui ; puis j'affirmai après réflexion :

— Mais non, jamais.

Mes amis se turent, renonçant à comprendre.

Ils ne comprirent pas davantage mon émotion subite et intense, une émotion qui me fit tout pâle et me laissa assez longtemps dans l'impuissance d'articuler un mot, devant la baie de Douarnenez. La raison de cette émotion ce n'était pas, comme ils se l'imaginèrent, que je fusse violemment sous le charme de la délicieuse baie, si riante, si gaie, d'une tonalité si lumineusement grise ; non, c'est qu'il me fallut

m'avouer qu'aucun des détails de ce vaste
et ravissant panorama ne m'était étranger,
que j'avais déjà eu ce spectacle sous les
yeux et que j'avais autrefois vogué sur ces
eaux calmes, si doucement agitées d'un
bouillonnement languide et berceur...

Dans la barque que nous avions frêtée
pour évoluer par la baie, allongé sur l'a-
vant, la tête dans les mains et les yeux vers
l'horizon sur la crête des petites vagues
qui couraient comme de petites flammes
blanches sur la mer, je songeais, recoque-
villé dans un mutisme crispé que mes com-
pagnons respectaient, le prenant pour une
contemplation admirative et ravie... Et je
tentais de lutter corps à corps avec l'obsédante idée, l'idée fixe, l'idée qui s'ancrait
dans mon cerveau, s'y cramponnait du bec
et des ongles, cette idée que je me dé-
traquais, que je n'étais pas un homme
comme les autres, et que la route sinueuse
et embrumée de ténèbres où j'allais désormais m'agiter désespérément, conduisait

au maelstroom mugissant et tourbillonnant
de la folie.

L'embarcation heurtait lourdement de
l'étrave les lames qui grossissaient, roulées
par la brise qui se levait, et parfois nous
éclaboussaient, bruyamment déversées
dans la barque. Mon visage ruisselait,
poudré d'embrun et fouetté par la brise.
Et cette sensation de vent humide, violemment aromatique, m'était salutaire,
cette douche me ranimait, rappelant ma
raison et suscitant des profondeurs où
elles s'enlisaient mes facultés d'analyse.
Je m'acharnai, — pendant qu'au-dessus de
ma tête l'énorme voile rousse s'enflait,
s'enflait, et que sous la poussée du vent, le
mât craquait et les bordages, et la coque
tout entière, — à la recherche de l'explication du phénomène de tout à l'heure.

Cette idée de vie antérieure, émise plus
haut, est absurde. Ma raison la rejetait.
J'ai cherché autre chose.

Il est d'observation constante que bien

des vices sont expliqués par l'hérédité, les lois inexorables de l'atavisme commençant à être un peu connues. Il est avéré que des manies, des tics comme des habitudes, non seulement des diathèses, des virus et des déformations, sont héritées d'un père ou d'un grand-père. L'habitude du geste, autrement dit le *tic*, est le *souvenir* du muscle. Puisque le souvenir du muscle se transmet, pourquoi ne se transmettrait pas également le souvenir du cerveau, l'image d'un site photographié par la mémoire ? Mon arrière grand-père, Jean Barban, le joyeux vivant et le déterminé viveur, a peut-être, grand amateur de voyages comme il l'était, visité la Bretagne ; la baie de Douarnenez a peut-être frappé son imagination et l'image profondément s'est gravée dans sa « substance grise ». Cette image s'est transmise, intacte, telle qu'elle, réduite au cent millionnième, dans un des centres nerveux du spermatozoaire duquel je suis issu. Elle a

trouvé sa place en mon cerveau, le moment venu, et a demeuré là, embusquée,
latente, jusqu'au jour où mon voyage à la
baie de Douarnenez l'a fait surgir. N'est-
ce pas plausible ? Un phénomène analogue
a dû se produire pour la phrase sur la
« cotriate », que mon grand-père aura prononcée et dont le « cliché » se sera conservé dans sa psychique.

Cette théorie m'a beaucoup soulagé.
Elle m'induisit d'ailleurs à d'amères conclusions sur la responsabilité, la conscience
et la liberté humaines. Si cette théorie
était admise, combien de partis-pris, d'opinions préconçues, singulières et cho-
quantes, seraient expliquées. Cela ne
serait que *des opinions ataviques héritées !*

J'ai écrit le mot *cliché* tout à l'heure.
Mais peut-être, — la question étant élar-
gie, — peut-il s'appliquer à l'homme, à
l'espèce, d'une façon générale, la succession ininterrompue des individus n'étant

peut-être qu'une série d'épreuves du
même cliché initial, destiné à redire à
perpétuité les mêmes phrases, à remâcher
les mêmes idées, à reproduire les mêmes
faits, dans des circonstances identiques,
reproduites identiquement à des millions
de siècles de distance.

Cette intelligence particulière des animaux que les savants appellent « l'instinct »,
est-elle autre chose que le *souvenir*. Cet
instinct les pousse irrésistiblement à faire,
dans certains cas bien déterminés, certains
actes bien définis. Ainsi il y a chez les coléoptères un « instinct » très curieux, à
première vue, qui porte ces insectes, dont
la destinée est de mourir immédiatement
après avoir produit, à déposer leurs œufs
dans l'endroit où les larves pourront se
nourrir. M. Menault, dans son *Amour
maternel chez les animaux*, dit ceci :
« Cette prévoyance de la postérité est
remarquable chez les coléoptères. Le
hanneton qui ne mange que des feuilles et

des semences d'orme, ne pourrait vivre de
racines : sa femelle enterre ses œufs, pour
qu'au moment de leur naissance les larves
soient à la portée des racines dont elles,
au contraire, devront se nourrir. D'autres
femelles de coléoptères entassent des
provisions autour de leurs œufs pour l'u-
sage d'une postérité qu'elles ne connaîtront
pas, puisqu'elles meurent avant la naissance de leurs larves. L'instinct dit à la
femelle de l'insecte où elle doit pondre,
et comment elle doit assurer l'existence de
sa postérité, sans qu'on puisse savoir si
elle se souvient de ce qu'elle a mangé
elle-même à l'état de larve. »

Qu'est-ce que cet « instinct » qui
indique à la femelle de l'insecte « où elle
doit pondre », sinon ce que j'appelais plus
haut le « souvenir du muscle », qui, là, est
inscrit dans tous les muscles concourant à
une même fonction ; souvenir transmis des
muscles d'une génération aux muscles d'une
autre, et qui, mécaniquement, *machinale-*

ment, — puisque aucun besoin, aucune nécessité immédiate ne la pousse à agir
ainsi, — entrent en contraction, le moment venu.

Eh bien, *de même*, l'homme ne fonctionne peut-être, ne pense, n'agit, ne
parle que *par souvenir*. Tous ses mouvements sont réglés d'avance. Il y a peut-
être certains êtres qui sont la reproduction
exacte, identique, matérielle, d'autres
qui ont existé avant eux. Peut-être qu'au
bout d'une certaine révolution d'années,
les mêmes actes se refont, les mêmes paroles se redisent, les mêmes événements
se déroulent, les mêmes inventions — ou-
bliées — se retrouvent; peut-être y a-t-il
des humanités mortes comme il y a des
terres englouties, des cités disparues, des
peuples éteints, des races finies.

Ces considérations générales et rétros-
pectives m'ont un instant distrait de la
préoccupation hallucinante de mon cas,

dont il me faut, jour par jour, constater l'aggravation. Et, cette constatation, je ne puis la faire que devant le miroir impassible, mais cruellement révélateur, de ce journal.

Je suis seul au monde. Seul ! Pas un cœur à qui confier mon atroce détresse d'âme. Pas un esprit qui comprendrait, même parmi les plus éclairés, cette situation particulière, cette maladie morale faite de nuances et de « peut-être », imprécise, sans symptômes accusés. N'ai-je pas vu comment les médecins écoutent les malades, quel parti-pris de ne pas entendre, de ne pas voir et de ne pas croire, est buté dans leurs : « oui, mon ami » ? N'ai-je pas, maintes fois, à Sainte-Anne, entendu de distingués aliénistes comme Ball, « rétablir la vérité » pour leurs élèves après que le malade avait raconté son histoire, et les « mettre en garde » contre les « fausses sensations » dont ce dernier était « dupe » ? Fausses sensations, c'est bientôt dit. Et

qu'en savent·ils ? A moi aussi, si j'avais
l'imprudence de prendre un médecin — ou
tout autre — pour confident de mes
étranges sensations, l'on répondrait
qu'elles sont fausses...

Non, pas de confidences ! ravale ta terreur et digère-la, si tu le peux !..

Et pourtant quel bien cela me ferait
d'être écouté, pris au sérieux, de ne pas
entendre accueillir par un ricanement et
un haussement d'épaules le récit de mes
tortures. Et personne ! Je marche, isolé,
dans la vie. Les gens qui me croisent sur
les trottoirs me sont aussi étrangers que si
nous ne parlions pas la même langue. De
quel soulagement m'aurait pu être même
la philosophie de l'abbé Desmares ! Si j'ai
cessé de le voir, si je l'ai fui comme un
désespéré fuit la joie des autres, c'est que
son ironie me faisait mal, c'est que la su-
perficialité de sa compréhension de la vie
m'exaspérait. Je lui en voulais, je lui en

veux, de n'avoir pas su me deviner, d'avoir passé à côté de mon agonie sans même l'avoir pressentie.

Je suis seul !

Ah ! si je la rencontrais la si longtemps espérée et attendue ! Elle, le salut ! Elle, l'Aimée ! Si je la rencontrais, avec quelle joie sincère, avec quelle reconnaissance enthousiaste, je lui murmurerais ces strophes d'*Arrière-Saison*, d'une philosophie si indulgente et si fraternelle, et si bonne ! ces vers mouillés de larmes qui m'ont fait pleurer tant de fois et qui tant de fois ont réchauffé ma pauvre âme glacée de leur morale accueillante, si magnifiquement humaine !

Oh ! Coppée, mon poète, Coppée, le plus humain et le plus vrai des poètes, comme on sent que tu as souffert jadis ! Et quelles délices de lire ces pages si simplement, si délicieusement émues d'*Arrière-Saison*, où ton âme vibre et sanglote à chaque vers !... Oh ! oui, comme je lui

dirais, à la pauvre aimée, un peu brisée
par la vie :

Hélas ! pourquoi si tard t'ai-je donc rencontrée,
Rose de mon automne, ô mignonne adorée !
        Pourquoi, pourquoi si tard ?...

    Et quand son pauvre petit cœur se gon-
flerait au ressouvenir de son passé exécré,
comme je la consolerais bien vite :

        Tu n'as pas toujours été sage,
        Toi dont le cœur bat sur mon bras.
        Pour plus d'un amant de passage
        Tu souris et tu soupiras.

        D'une voix honteuse et farouche
        Tu me l'as dit par un soir bleu ;
        Mais ma bouche a fermé ta bouche,
        Que purifiait ton aveu.

        J'avais prévu ta confidence,
        J'avais deviné ton roman,
        Fille du peuple sans prudence
        Et qui n'avais plus de maman.

        En Mai, sous le maigre feuillage,
        Chantaient les moineaux de faubourgs.
        N'est-ce pas ? Le vague ennui, l'âge ?...
        Je connais ces tristes amours.

Mais le cœur sur qui tu te serres,
Ayant souffert sait excuser ;
Et je vois dans tes yeux sincères
Que j'ai ton vrai premier baiser.

De nous deux, c'est toi la meilleure,
Puisque tu sais aimer le mieux.
Regarde, mon enfant, je pleure,
Moi si blasé, moi déjà vieux.

Par la tendre et simple manière
Dont tu m'avouas ton passé,
Je te dois ma larme dernière
Et par elle il est effacé.

. . . .

Mais non ! Elle ne viendra pas, elle ne viendra jamais ! Je suis seul, je resterai seul...

J'ai toujours été seul, d'ailleurs, toujours ; je n'ai jamais trouvé de sympathie au sens exact et complet de ce mot. Aussi ai-je pris tout petit l'habitude de tout garder pour moi, de ne rien dire de ce que je pensais et de ce qui m'arrivait, en bien comme en mal. Plus tard, une confidence

m'a toujours coûté, même les rares fois
où elle était gaie. A plus forte raison m'est-
il impossible de m'ouvrir aujourd'hui sur
mon infortune, puisque j'ai, en plus, la certitude de ne pas être compris. Et pourtant,
tout aveu est un soulagement. Cela est si
vrai que mon angoisse est moins tendue
depuis que j'ai commencé pour moi, pour
moi seul, cette confession. Tout péril,
crânement envisagé, est amoindri. Et puis,
telle est ma nature que j'ai toujours, je le
répète, plus souffert de l'attente et de l'in-
certitude, d'un mal que du mal lui-même.
J'ajouterai même que j'ai toujours eu une
tendance à l'anxiété. Mais ces derniers
temps cette tendance s'est accentuée.
Je crains même que ma volonté autrefois si nette, si ferme, si vibrante, ne
soit atteinte. J'ai observé que depuis un
mois ou deux, — et je n'avais jamais observé cela auparavant, — j'éprouve beaucoup de difficultés à sortir de mon appartement. *Il me semble que j'oublie quelque*

chose. Je piétine sur place, je tourne, je
furète, je passe d'une pièce dans l'autre,
je tapote mes poches pour m'assurer que
mes objets familiers s'y trouvent bien, je
constate qu'il ne me manque rien... et je
ne puis me décider à partir. Il m'est arrivé
de *rester*, dans ce cas-là, tant cette sensation que *j'oubliais* quelque chose d'im-
portant m'était pénible. Mais ce qu'il y a
de singulier, c'est que ce *quelque chose*, il
me paraît que c'est, non pas un objet,
mais une partie de moi-même; il me semble
que je ne m'en vais pas tout entier. C'est
pour cela que cela m'est une souffrance
de partir et que, parfois, plutôt que de me
séparer de cette portion de moi-même, je
reste.

Cette anxiété a pris récemment une
autre forme.

En gravissant, au milieu de la foule qui
prend les trains de Joinville et de Brie-
Comte-Robert, l'escalier raide de la gare
de Vincennes, il me sembla, — c'était

voilà une huitaine de jours, — que des
yeux ricaneurs me dévisageaient et que les
gens se poussaient le coude avec des cli-
gnements de paupière et des regards éga-
yés de mon côté. Je m'arrêtai et laissai
passer le flot, assis sur une banquette.
Puis, timidement, j'aventurai ma main, avec
l'appréhension de rencontrer un accroc
dans la partie ridicule et visible de mon
pantalon. Rien ! absolument rien ! L'étoffe
était intacte. Les ricanements ne m'étaient
donc pas destinés. Mais venait de naître en
moi la peur, la peur absurde et obsédante,
la peur qui ne me lâche plus maintenant, la
peur que je ne puis vaincre, la peur qui me
paralyse et me rend gauche, chaque fois
que je vois des gens *au-dessous* de moi, la
peur bête que mon pantalon ait craqué
sans que je m'en doute, et qu'une ouverture bée, *là*, à la place grotesque. Et
la terreur d'être la risée de tout le
monde, l'objet des chuchotements sarcas-
tiques, le point de mire des regards, me

prend, m'envahit, me domine, m'hypno-
tise...

Et, l'obsession ne me quittant plus, je me
suis demandé, pâle d'anxiété : « Que faire,
si cela m'arrivait ? Que faire si, tout à
coup, en chemin de fer, en pleine rue, en
montant à une impériale d'omnibus, ce
craquement redouté, — et il viendra, j'en
suis sûr, — se produisait ? » J'ai déjà noté
ma peur insurmontable du ridicule. Or,
quoi de plus ridicule qu'un monsieur qui
arbore un trou béant, *là !*... Oui, quoi
faire ? Porter des redingotes ? J'ai horreur
de ce vêtement. Puis les pans peuvent
s'écarter. Et, d'ailleurs, en été, c'est trop
incommode. Quoi faire ?... J'ai trouvé. Je
sors maintenant avec un petit paquet sous
le bras, qui me rassure et ramène le calme
et la tranquillité dans mon esprit, un petit
paquet qui ne me quitte pas, un petit
paquet sauveur, un petit paquet, — voilà
encore une chose que ces imbéciles d'a-
liénistes ne comprendraient pas et qui

leur ferait hausser leurs épaules supé-
rieures, — un petit paquet enveloppé dans
un journal et soigneusement ficelé et qui
renferme : un pantalon de rechange !

———

III

Le quartier que j'habite aujourd'hui, la place Daumesnil, est un quartier morne et c'est pourquoi je l'ai choisi et je l'aime. Je puis en cinq minutes m'égarer sous les verdures épaisses du bois de Vincennes, promener ma mélancolie aux bords de ses lacs, m'arrêter tout à coup devant la vision subite et inespérée d'un site charmeur, où se reposent mes yeux. Je n'ai que l'avenue Daumesnil à descendre et je ne m'y

heurte qu'à des ouvriers en cotte bleue,
aux traits durcis par l'âpre labeur quotidien, qu'à des ménagères en cheveux, des-
cendues de leur cinquième ·tailler une
bavette avec la bonne d'en face, sous les
platanes de l'avenue. Il me serait impossible d'habiter les quartiers populeux. Je
n'ai plus la philosophie qu'il faut pour
croiser impassiblement tous ces visages
bêtes qui passent sur les trottoirs, pour
ouïr sans crier toutes les sottises qui vous
éclaboussent au passage, toutes les bribes
de conversations niaises qui vous fouettent
le visage comme la mèche d'une cravache
et vous y poussent le sang comme le vent
d'une gifle. Les rares fois que je me suis
hasardé dans Paris, j'en suis revenu crispé
par une sorte de rage dont j'avais toutes
les peines du monde à contenir les éclats,
et qui crevait parfois malgré moi en épi-
thètes malsonnantes dont s'effaraient les
promeneurs, rudement bousculés et mau-
gréants. Lieux communs, clichés, phrases

toutes faites, bêtises acceptées, cela seul
compose les bouts de dialogues entendus
journellement au hasard des trottoirs, des
omnibus, des chemins de fer, des foyers de
théâtre, de tous les endroits où stagne ou
bien circule la foule. Idées banales et
phrases toutes faites, n'est-ce pas cela
encore qui fait le fond des livres et des
journaux ? J'en suis arrivé à ne plus lire.
La dernière fois que des lignes impri-
mées ont passé devant mes yeux, c'était
dans le supplément illustré d'un quotidien
quelconque. Je m'en souviens. Il y avait
trois nouvelles. Et les trois auteurs ayant
à peindre le bleu de l'œil d'une femme, le
comparèrent originalement tous les trois
au bleu de la pervenche. Trois perven-
ches dans un seul jour et dans un seul
journal, c'était trop de deux, — et peut-être
de trois. Je ne lirai plus. Du reste, la lecture me demande un effort trop grand. Je
ne puis plus fixer ma pensée, de même
que je ne puis plus trouver la formule

d'une idée quelconque autrement qu'en l'écrivant. Aussi ce journal m'est-il devenu d'une nécessité impérieuse et quotidienne.

La conséquence immédiate de cette vie claustrale et isolée que je mène est l'hypocondrie dans laquelle je me sens m'envaser tous les jours davantage. Une hypocondrie noire, farouche, et qui deviendrait facilement hargneuse, mais une hypocondrie qui n'est pas sans charme. Je n'éprouve plus le besoin de formuler ma pensée, encore moins celui d'adresser quelques banales paroles à un de ces crétins que l'ironie des mots intitule un de mes semblables. Plus rien dans la vie ne m'intéresse ; et je ne sais en vérité pourquoi je ne me tue pas. Peut-être, seul, me rattache à la vie le singulier et cruel intérêt que je finis par prendre à me disséquer ainsi, fibre à fibre, à m'analyser, à me voir agir, à m'écouter penser, à me critiquer et à me blâmer sur mes actes. Car l'étrange phénomène de dédoublement dont plusieurs fois j'ai dû me reconnaître la victime, prend des proportions troublantes. Je constate actuellement très nettement en moi deux êtres, d'essence absolument différente, de goûts diamétralement opposés. L'un qui agit, l'autre qui critique l'acte ; l'un qui formule une opinion, l'autre qui hausse les épaules et murmure, tout haut, avec ma voix : « imbécile! »

Cette sensation *d'être deux* est très agaçante. Il y a parfois des dialogues, des discussions. L'un veut une chose, l'autre lui dit : « C'est idiot, tu ne le feras pas ». Le premier est arrivé à commettre certains actes par simple fanfaronnade, pour « embêter » le second.

Ce dualisme et son analyse est la seule consolation de mon hypocondrie montante.

Je m'imagine que ce dualisme, qui est exagérément maladif chez moi, doit exister pourtant, modéré et coordonné, chez tous les intellectuels. La multiplicité du moi n'a pas encore été bien étudiée. Il est évident que tout littérateur est double ; il y a le producteur et le critique. Parfois, — souvent, — le producteur prédomine, le critique est annihilé, ne peut se faire entendre, voit sa voix étouffée ; que d'œuvres modernes n'ont pas d'autre explication ! Quand il y a équilibre, quand l'un juge l'autre sans acrimonie, le travail est aisé, pondéré : cela fait les grands talents dans toutes les littératures ; mais quand le critique est implacable, quand sa voix seule se fait entendre, le producteur est impuissant : cela produit les découragés qui déchirent la page à peine terminée. C'est dans cette catégorie que je me serais rangé si j'avais fait, comme on dit, de la « littérature ».

L'un des résultats de cette constante et opiniâtre auto-vivisection psychique qui est devenue la principale occupation de ma vie, est ce que j'appellerai, faute de

termes plus exacts, l'hyperesthésie de
mon imagination. J'ai déjà noté la tendance
que j'avais à confondre parfois le rêve
avec la réalité, sous certaines influences
de température et de lumière, principalement pendant l'heure qui précède le
coucher du soleil, à ce moment particulier
et saisissant pour tous les sensitifs que les
peintres ont si justement appelé « l'heure
de l'effet ». Aujourd'hui mon imagination
surexcitée est devenue d'une impressionnabilité si excessive, que je ne puis plus
songer que telle chose « pourrait arriver »
sans que l'Un des deux Moi s'imagine que
« c'est arrivé », et souffre et se désespère
comme si c'était arrivé, alors que l'autre ri-
cane et se gausse et le traite de « gobeur »
et d'imbécile.

Avant-hier encore j'étais sur mon balcon du cinquième, les yeux sur le bitume
du trottoir, lorsque tout à coup cette appréhension se formula en moi : « Cette grille
n'est peut-être pas très solide, si elle cé-

dait tout à coup, je serais précipité dans
l'espace et j'irais m'écraser sur le trottoir ». Et au même instant, j'eus la sensation très nette que le grillage se détachait
et que je tournoyais dans l'air les bras en
croix, une oppression atroce me serra à
la gorge, l'oppression de la chute rapide,
j'aperçus même à un étage des gens épou-
vantés qui me voyaient tomber ; j'entendis
leur cri : « Ah ! mon Dieu ! », et tout d'un
coup je m'abîmai dans un choc dont la violence m'enleva instantanément le sentiment ; mes tempes bourdonnaient comme
si un fleuve tout entier se fût précipité dans
mes oreilles, je n'éprouvais aucune douleur, je me sentais anéanti, comme débarrassé de mon corps, et le cerveau sans
pensée baignant dans une sorte de pénombre embrumée... Quand je revins à
moi, j'étais étendu sur le balcon, où la
violence de la sensation m'avait fait éva-
nouir.

Ces affolements de mon imagination

échappent de plus en plus à la direction de
ma volonté. Je constate les progrès chaque
semaine. Je suis encore apte à reconnaître
l'état chimérique des visions qui me han-
tent maintenant tous les soirs, mais, presque mathématiquement, je pourrais fixer le
jour où ma faculté de contrôle sera anni-
hilée, où je serai la dupe irresponsable et
désorientée de ma Chimère. Mais quelle
chimère ? Je l'ignore encore. Mon cerveau, où traînent des brumes, peut les en-
fanter toutes, et je sens que mon bras peut
s'armer pour les pires meurtres...

Mais aujourd'hui encore je sais, je puis
certifier que les hallucinations qui peuplent
les ténèbres de mes nuits sont des hallucinations. Mieux renseigné, débarrassé de
la peur, sans effroi de l'inconnu et de l'invisible, je vois, j'entends, je regarde, je
constate, je note et je m'intéresse. Mais
je ne m'épouvante plus. Il faut dire que si
mon enfance a connu les habituelles hallucinations de l'oreille et de la vue, j'ai pu,

11.

ces temps derniers, observer chez moi les
plus rares hallucinations de l'odorat, du
goût et du toucher.

Le côté curieux de ces chimères c'est
qu'elles partent de moi, qu'elles sortent
de mon cerveau, que j'assiste à leur éclosion et que je les en vois sortir, *sauf une*,
toujours la même, qui vient de l'extérieur
et qui *revient tous les soirs*.

Tout le monde ne s'endort pas de la
même façon. Certains passent brusquement, sans transition, de la veille au sommeil. Chez d'autres, ces deux états sont
séparés par un état intermédiaire que j'appellerai le crépuscule du rêve, pendant
lequel toutes les grandes facultés étant
déjà engourdies alors que la conscience et
l'imagination ne le sont pas, cette dernière
est abandonnée à elle-même et se livre
impunément à toutes ses fantaisies. Et
alors, devant le regard du dedans, défile
une foule de figures plus ou moins fantas-
tiques qui vont être un des éléments des

rêves de tout à l'heure. Chez moi, cela ne
se passe pas du tout comme chez les premiers, et pas tout à fait comme chez les
seconds. L'un des deux « Moi » s'endort le
premier, et le second *le regarde dormir*,
mais ce second est le moi imaginatif, nerveux et impressionnable. Lui se complaît
dans la fréquentation des hallucinations et
au besoin les évoque. Et alors, pendant ce
moment que j'ai appelé le crépuscule du
rêve, délivré de tout contrôle puisque
l'Autre dort, il invite toutes les chimères de
ses méninges à se « donner de l'air ». Elles
sortent une à une, et c'est, dans la chambre, à la lueur de la petite veilleuse, une
sarabande infernale, dont je n'ai plus peur
comme pendant mon enfance, puisque
j'en connais le point de départ et que je
sais d'où sont issus tous ces fantômes. Mais
voilà que tout à coup, — et c'est là où je
commence presque à m'inquiéter, car ce
qui va suivre est indépendant de ma volonté, — la porte de ma chambre, que je

ferme soigneusement tous les soirs, tourne
doucement et sans bruit sur ses charnières,
et une apparition entre, devant qui les
fantômes qui peuplent les ténèbres fondent et s'évanouissent comme les ombres
fuient devant le soleil. Une femme. Une
jeune fille plutôt. J'ai eu le temps de l'exa-
miner, puisque je la vois tous les soirs
depuis plus d'un mois. Elle est grande,
svelte, et son regard bleu, atrocement
triste, — si triste que chaque fois je suis
poigné, à la regarder, d'une angoisse qui
m'étouffe, — son regard bleu s'arrête, en
passant, longuement sur moi; elle glisse
jusqu'au fond de la chambre, s'assied dans
un fauteuil très loin de la veilleuse, et
se met à pleurer. Et pendant de longues
heures *j'entends* rouler ses larmes sur ses
joues. Sitôt que l'aube blanchit impercep-
tiblement les rideaux et fait pâlir la veilleuse, la triste Visiteuse s'en va.

Il m'est venu un soir la tentation de me
lever et de la prendre dans mes bras pour

la consoler, mais il me fut impossible de
faire un mouvement. Mes jambes et mes bras
étaient aussi inertes que si brusquement
quelque bistouri mystérieux avait opéré
chez moi la section des nerfs locomoteurs.

J'en suis à me demander si, cette fois, je
suis encore le jouet d'une hallucination
enfantée par mon cerveau malade, ou si
Elle existe réellement. Les toutes récentes
expériences du docteur Crookes, sur
lesquelles ergotent tous les Instituts, à
l'heure actuelle, me donnent le droit de
croire à cette existence, mais ma raison
s'y oppose. Ma raison ! Puis-je encore me
baser sur elle ? Ma raison ! Ai-je encore le
droit de me retrancher derrière ce rempart ?

J'ai ruminé, toute une journée, quelle
expérience concluante pourrait m'appor-
ter une conviction dans un sens ou dans
l'autre. Je l'ai tentée. Et le résultat m'a
jeté dans un grand trouble.

Elle est venue, son regard mouillé de

pleurs s'est reposé sur le mien avec une tristesse infinie, et ses larmes ont commencé de couler ; et l'angoisse de sa douleur me comprima les poumons si violemment qu'il me sembla que toute respiration s'arrêtait en moi : « Que je souffre ! » murmurai-je en ma pensée (car mon oppression était telle que je n'aurais pu articuler un mot), « et quelle soif ardente me brûle ! »

Elle avait levé les yeux et promenait lentement autour d'elle son regard douloureux.

Je continuai : « J'ai les membres broyés de fatigue, il me semble que la vie s'en est retirée ; je ne puis me traîner, là-bas, jusqu'au verre d'eau de ma cheminée, et j'ai un brasier dans la gorge... »

Elle s'était levée. Elle avait pris le verre de la main gauche, pendant que la droite courbait, au-dessus, le col de la carafe. Et distinctement je *voyais* l'eau passer de l'une à l'autre, et j'entendais les glou-

glous du liquide. Puis elle s'avança vers
mon lit, et son ombre s'interposa entre lui
et la veilleuse ; je ne vis plus qu'une
masse confuse, d'où émanait un arôme
pénétrant et doux qu'il m'était impossible
de préciser. Je ne voyais plus rien, mais
j'*entendis*... Oui ; j'entendis, distinctement,
ce mot, murmuré à mon oreille d'une
voix douce : « Buvez ! »... Et je sentis...
d'abord une main *tiède* qui se glissait sous
ma tête, puis tout à coup le contact froid
du verre à mes lèvres et la fraîcheur de
l'eau qui coulait... Je la *sentais !* Non !
non ! je n'étais pas dupe d'une illusion...
Et j'entendais aussi, à côté de moi, très
nettement, *sa* respiration à *elle*, très régu-
lière, et que coupa tout à coup un long
soupir qui ressemblait presque à une
lamentation. Et j'étais envahi d'une lan-
gueur si délicieuse, je me sentais bercé,
avec des haleines de brises autour du
front, dans une béatitude si supra-ter-
restre, qu'il me paraissait que je n'avais

plus de corps et que j'étais un esprit voguant dans l'éther glauque des espaces célestes...

Ce n'est que le lendemain que les réflexions du réveil me jetèrent dans toutes les affres de l'épouvante, et que la certitude que *je devenais fou*, s'imposa de nouveau à mon esprit, plus obsédante et plus angoissante qu'elle ne l'avait jamais été.

———

I V

De nouveaux troubles se sont mani-
festés en moi. J'éprouve maintenant les
plus grandes difficultés à parler. J'ai, dans
la gorge, comme une griffe douloureuse
qui empêche mon larynx de se contracter
et d'entrer en vibration. Il faut que je soulève une montagne pour prononcer un
mot ; encore ne prononcé-je plus que les
mots indispensables ; ma voix m'effraie ; je
ne la reconnais plus, elle a un timbre cassé,

voilé, tremblotant ; elle sonne effective-
ment le fêlé ; et lorsque par hasard j'émets
un son dans la solitude de mon appartement, ce son vibre si singulièrement dans
le vide des pièces, et roule et se casse
si étrangement aux angles des meubles,
que je me retourne comme si c'était un
autre qui avait parlé. Et de fait, cela doit
être un autre. Je m'aperçois que je ne dis
jamais ce que je voulais dire, ce que j'ai
formulé intérieurement. Le timbre de cette
voix n'est pas celui auquel s'étaient accou-
tumées mes oreilles et la phrase prononcée
ne m'appartient pas, n'est pas sortie de
mon cerveau. Un autre se sert de mes
poumons pour souffler de l'air à mon larynx
et contracter les muscles de ma langue,
et la phrase dite n'exprime pas ma pensée.
Il est des jours où cette influence étran-
gère est si manifeste que j'ai besoin de
recueillir les bribes éparses de ma volonté
pour lui résister. Et des exaspérations me
prennent, des colères et des rages terri-

bles contre l'Être qui s'interpose ainsi
perversement entre l'ordre de ma volonté
et son exécution. Des colères qui me
pousseront au meurtre. Je *le* tuerai. Cela
ne sera pas un suicide, ce sera un assassinat...

Est-ce hier ? est-ce voilà huit jours ? Je
perds la notion du temps. Il est des
semaines qui s'allongent comme des mois,
et d'autres qui disparaissent, avec des
trous, comme si le samedi était venu subitement s'accoler au lundi. Est-ce hier ? Je
pense que oui. J'étais sorti pour ma pro-
menade favorite à travers les futaies
ombreuses du bois de Vincennes. Je descendais l'avenue Daumesnil, lorsque
j'aperçus, dans un fiacre qui passait au
trot, Costelle avec une femme. Et je songeais : — « Il ne m'a pas vu, tant mieux.
Je tiens essentiellement à ne pas le revoir.»
Mais l'Autre ne pouvait manquer une aussi
belle occasion de me jouer une farce. Il fit
de grands gestes avec mes bras. Et je

maugréais : — « Mais je ne veux pas voir
Costelle, je ne lui dirai pas un mot. » Et
je m'avançais vers le fiacre, dont le cocher
avait remarqué mes appels de bras : —
« C'est id·ot (continuai-je de monologuer
avec humeur), je vais lui dire des choses
désagréables ». Mais l'Autre m'avait ame-
né en quelques enjambées auprès de Costelle, qui poussait des exclamations toutes
méridionales. Et malgré moi ma bouche
murmura, avec cette voix rauque qu'*il* trouvait dans ces occasions-là : « Que je suis
heureux de vous revoir, mon cher ami, comment donc allez-vous depuis le temps... »
Pourtant, pendant que Costelle me serrait
la main avec effusion, m'invitant à prendre
place à côté de lui dans la voiture, pour
faire un tour au bois, j'avais réussi à
reprendre possession de moi-même dans
un violent effort qui dut me contracter
bizarrement la face, car je m'aperçus que
la compagne de Costelle me dévisageait
d'un air effrayé, et je répondis, je hurlai

plutôt, d'une voix rageuse : « Je me pro-
mène tout seul, vous m'embêtez ! » Et
accentuant l'effort commencé, je m'enfuis
en courant.

Les hostilités sont ouvertes entre Lui et
Moi. — Je dis Lui et Moi, quoique ce soit
plutôt Moi et Moi, mais cela exprime
mieux ma pensée. — C'est maintenant une
lutte de tous les instants où je ne puis être
vainqueur qu'à la condition d'être toujours
aux aguets, de n'avoir pas une seule distraction (et il cherche à m'en donner),
d'avoir toujours un œil ouvert sur Lui. Il
n'a jusqu'à présent pour Lui que la sensibilité et l'Imagination, ce qui est beaucoup,
mais j'ai, moi, le Raisonnement et le Jugement ; je tiens encore le gouvernail de la
Volonté, dont de temps en temps, à la
faveur d'une distraction, *il* m'arrache la
barre des mains. Mais je la ressaisis de
haute lutte. Il arrive pourtant qu'*il* se
cramponne à la barre en même temps que

moi ; ces jours-là, la Bête, sans direction,
va où la poussent ses instincts, et se vautre.
C'est ainsi qu'un soir je me suis retrouvé
au fond d'un bouge où l'Animal nous avait
conduits tous les deux, pendant que nous
nous bataillions, et d'où nous le ramenâmes
avec une honte et un dégoût communs.
Mais il est très rare que nous nous rencon-
trions dans une opinion et un acte communs.
On dirait au contraire que son seul souci
est de se renseigner sur mes besoins pour
m'empêcher de les satisfaire, sur mes désirs
pour les contrecarrer. J'ai toutes les peines
du monde maintenant à aller où je veux. Je
pars pour le Bois tous les jours après
déjeuner ; *il* connaît ma manie et, chaque
fois, ce sont les mêmes machinations per-
verses. Il m'emmène sur le trottoir qui
tourne autour du bassin de la place Daumesnil. Ce trottoir circulaire m'égare, les
lions monumentaux qui crachent dans la
vasque de stuc emmènent ma pensée au
loin, et quand je me ressaisis je me retrouve

en train de descendre l'avenue Daumesnil
— du côté de la Bastille.

Il faut que je pèse les mots que je vais
prononcer, que je tourne, suivant un conseil populaire, sept fois ma langue dans ma
bouche ; autrement, entré chez un papetier
dans l'intention formelle d'acquérir une
boîte de plumes, c'est une boîte d'espa-
drilles que je demande, heureux quand
mes lèvres n'articulent pas quelque propos
outrageant ou obscène !

Mais cela ne se borne pas à des paroles. Il
m'est arrivé d'entrer dans des rages gami-
nes, accompagnées de piétinements, de
cris inarticulés, de coups de poing dans les
portes, de bris de vases auxquels je tenais.
— et c'était toujours ceux auxquels je tenais
le plus que je cassais, ou plutôt qu'*il* me
faisait casser, — et cela à propos d'un détail sans importance, d'une bagatelle, d'une
futilité, d'un rien... Et dans ces moments-là
je suis capable de tuer ! oui de tuer...

. . . .

V

. . . .

Nouvelle interruption *d'une année*. Et
que d'événements dans cette année ! Que
d'événements qui vont, sinon bouleverser
complètement mon existence, du moins lui
donner une orientation nouvelle et toute
différente.

Un an sans toucher à ce journal que je
déclarais jadis indispensable à ma santé
intellectuelle, un an d'accalmie. Un arrêt

dans la marche de la maladie. La guérison
peut-être.

La *guérison!*

D'abord, ma mère est morte. Et j'écris
cela sans une larme. Je l'ai vu mourir
sans une larme, je l'ai conduite à sa dernière demeure sans une larme.

L'abbé Desmares, que j'ai bien été forcé
de revoir, à cette occasion, a essayé de
pénétrer en moi à l'aide de questions ha-
biles, mais il n'a pu trouver aucune issue
par où se glisser en mon âme murée. Son
regard se fixait sur le mien avec une in-
quiète stupéfaction.

— « Quelque chose de grave se passe
en toi, Marie-Joseph, me dit-il tristement,
quelque chose dont tu ne te rends pas
compte... et peut-être vas-tu vers un
gouffre... dont je pourrais te sauver, si tu
avais confiance en moi comme jadis, et si
tu osais m'ouvrir un peu ta pensée... » Et
comme je me taisais, obstiné dans un mutisme presque haineux, le prêtre conclut,

12

en me quittant : « Je ne te dis pas tout ce que j'ai sur le cœur, mais, mon pauvre enfant, j'ai peur, j'ai bien peur pour toi. » Cet appel resta sans écho. Toutes les sources de la sensibilité sont-elles donc taries en moi. Je l'ai cru ; et je me le répétais amèrement, en revenant de Saint-Roch, les affaires de succession terminées, — j'ai confié le soin de mes intérêts au notaire de Saint-Roch, lui laissant le droit de diriger ma petite fortune à son gré, pourvu qu'il me serve régulièrement mes rentes,— oui, j'ai cru que toutes les forces vives de mon être s'étaient portées à mon cerveau, que mon cœur s'était ossifié fibre à fibre, que plus rien ne vibrait en moi... je l'ai cru jusqu'à la rencontre de Germaine...

Une femme dans ma vie ! Et une femme qui la remplit à tel point que je m'en oublie moi-même ; que mon cerveau se déshypnotise de son idée fixe ; que l'espoir me revient ; que j'ose écrire le mot folie sans trembler, sans y croire presque ; qu'il me semble que je me ressaisis tout entier parce qu'elle est là, que le froufrou de sa robe a chassé les diables noirs, que la grâce de son sourire et l'éclat doux de ses yeux bleus a fondu les ténèbres de mon âme, et qu'elle éclaire ma vie comme si une aube se levait devant elle, à chacun de ses pas !...

Ah! pour écrire cette histoire, *son* histoire, avec quelle joie je reprends enfin cette plume dont j'ai eu peur un instant que mes doigts se déshabituent !

Chose singulière, depuis qu'*Elle* est là, l'AUTRE a brusquement cessé ses tracasseries. Je suis seul, je suis *un*, je suis libre, je puis vouloir ce que je veux, dire ce que je veux dire, faire ce que je veux faire. *Il* se tait. *Il* ne donne pas signe d'existence. Je puis parler sans que ma voix m'épouvante, je puis me regarder dans une glace sans que le miroir me

renvoie un visage quasi convulsé où, les
derniers temps, j'avais cru reconnaître un
commencement d'asymétrie, et sans que
mon regard inquiet fuie la fixité de mes
prunelles dilatées.

J'étais revenu de Saint-Roch depuis...
depuis combien de temps ? C'est singulier,
il m'est impossible de rien préciser à cet
égard. Les jours fondent, maintenant,
avec une rapidité si inconcevable, qu'il me
semble parfois que le moment du lever et
celui du coucher n'ont été séparés par rien.
Je n'ai gardé la mémoire de rien. N'était
que mon estomac ne proteste pas, je pourrais affirmer que je n'ai ni déjeûné ni dîné.

Des semaines entières, — mais sont-ce
bien des semaines ? — disparaissent sans
qu'il me soit loisible de noter un seul fait
sur lequel puisse se fixer mon souvenir.
J'ai perdu la notion du temps, comme j'ai
perdu le sens de certains mots, surtout les
mots qui n'ont pas une étymologie latine
ou grecque.

Ce temps, ce laps imprécisable de temps,
— semaine ou mois, — écoulé depuis
mon arrivée de Saint-Roch, passa comme
un rêve. Comme un rêve. Je me souviens
tout à coup que pendant mon année de
philosophie j'ai été malade, d'une maladie singulière, qui faillit me faire retirer
du collège. Je m'imaginais, à l'exemple de
Berkeley, que les phénomènes de la nature ou de l'âme n'étaient que des idées
de l'esprit ; que le monde extérieur, aussi
bien les objets tangibles que les objets
visibles, n'existent pas hors de l'esprit.
Mais, disent les adversaires du système,
lorsque vous recevez un coup sur le bras,
la douleur vous apprend et vous démontre
que votre corps existe bien réellement.
A cela je répondais : quand je rêve, dans
le sommeil, que je reçois un coup sur le
bras, je hurle comme si je l'avais reçu, et
pourtant je ne l'ai pas reçu. Donc, cette
preuve ne prouve rien. Donc, je suis en
droit de conclure que rien n'existe que la

pensée, et que tout ce qui me semble être,
en dehors de moi, n'est que des appa-
rences, des idées de mon cerveau. Et cette
aberration me tortura alors trois mois durant.

Elle est revenue, depuis, aussi vive,
aussi angoissante, quoique de moins longue
durée. Elle revint, comme je le notais
tout à l'heure, le jour même de l'enterrement de ma mère. Ce fut au travers d'une
sorte de brouillard, assez analogue au
brouillard de l'ivresse, que je me revois,
déambulant derrière le corbillard jusqu'à
l'église, que j'entends le bercement triste
des psaumes de mort, et que, suivant
l'usage, je serre, à la sortie du cimetière,
la main d'un tas de gens (défilé burlesque
et interminable, crispant à me faire crier)
dont mon regard tranquille et impercepti-
blement ironique scrute en passant le visage et va lire l'indifférence sous la tristesse d'attitude et la grimace de circonstance. C'est dans ce brouillard que j'ai

vécu jusqu'à sa venue, à *Elle*... Mais comment est-*Elle* venue à moi ?

Un soir de Mai, peut-être d'Avril, le vent sifflait sous ma porte une plainte si gémissante que je résolus de sortir pour m'arracher à l'angoisse qui m'envahissait. Le crépuscule tombait. Déjà, le long de l'avenue Daumesnil, un à un les réverbères s'allumaient. L'Animal me menait au bois, directement, sans que je lui eusse donné la moindre indication en ce sens, et l'Autre, détail qui me frappa, je m'en souviens, laissait faire. Le bois était absolument solitaire ; au-dessus de ma tête les verdures s'agitaient avec un p tit grésillement. L'Animal, que par une sorte d'entente tacite *nous* abandonnions à lui-même, marchait droit au lac, sur lequel tremblotait le reflet des futaies noires comme une sépia. Je m'assis sur un banc et m'y figeai dans une immobilité de statue, l'oreille bercée par le crépitement des feuilles. De temps en temps, la trompe

d'un tramway pleurait un appel guttural
qui crevait ma rêverie. Insensiblement, la
nuit s'était faite. Le bois était noir, puis il
s'éclaira tout à coup. La lune venait de se
dégager brusquement d'un nuage et il fit
presque clair sous les feuilles, à cause du
lac qui servait de reflecteur à la lune. Cet
embrasement blanc de l'eau et des verdures donnait un ton si particulier au pay-
sage qu'il me sembla être à cent lieues de
Paris, dans quelque vallée d'Armorique
hantée de gnomes et de korriganes. Je
tendais instinctivement l'oreille comme
pour ouïr le choc assourdi du battoir des
lavandières, et mon regard, lentement,
faisait le tour du lac, préparé à se heurter
tout à coup à quelque silhouette accroupie...
Il s'arrêta soudain et devint fixe... Là-bas,
là-bas, dans l'interstice de deux peupliers
frissonnants, j'avais vu remuer une forme
noire...

Je me dissimulai de mon mieux à l'a-
bri d'une touffe assez haute de fusains,

et je dardai mon regard, sans aucune émotion, simplement avec intérêt, sur ce que
je voyais, ou croyais voir. Car peut-être
n'était-ce, après tout, qu'un arbrisseau
agité par la brise. Non, décidément c'était
bien *quelqu'un*. La forme noire glissait
maintenant sur l'herbe et se rapprochait
de moi. La lune l'éclaira tout à coup,
comme elle traversait une allée. C'était
une femme. Il m'était impossible de rien
distinguer de son visage à la distance où
elle était de moi, je ne pouvais que constater qu'elle avait une allure désordonnée
et paraissait en proie au désespoir le plus
violent. Elle faisait parfois quelques pas
délibérés vers le lac, puis s'arrêtait, les
bras tendus, les mains retournées, avec
une torsion de terreur du cou. Soudain,
elle s'avança jusqu'au bord de l'eau, tout
près, tout près, fouilla dans sa poche, en
tira son mouchoir et l'attacha solidement
autour de ses chevilles, puis elle se dressa
de toute sa hauteur, se voila la figure de

ses mains et se.laissa tomber... Mais, atten-
tif à tous ses mouvements, j'étais derrière
elle, et, avant même qu'elle eût effleuré
l'eau de sa robe, je la harponnais d'un
poignet vigoureux...

Au cri d'effroi qu'elle poussa en se sentant ainsi inespérément arrachée au suicide
et transportée sur le banc voisin, je répondis par un cri de stupeur. Elle ressemblait, à désarçonner complètement ma
raison chancelante, à la visiteuse hallucinante, à l'apparition mystérieuse de mes
nuits enfiévrées, au phénomène inexpliqué
sur lequel ma pensée déséquilibrée n'osait
plus maintenant s'arrêter, par appréhension
de la folie où de telles préoccupations
conduisaient inévitablement.

(Et, — je note à la hâte ce détail pour
n'y plus revenir, — depuis qu'Elle est là,
l'Apparition n'est plus revenue !...)

Lut-elle dans mon regard la subite et
irrésistible sympathie qu'elle m'inspirait,—
dans mon regard qui ne pouvait se déta-

cher de ses yeux, des yeux bleus, très
doux, très tendres, très profonds, — les
yeux de l'Apparition, — mais elle me dit
tout de suite qu'elle s'appelait Germaine,
qu'elle était très malheureuse, si malheureuse qu'elle avait préféré mourir à continuer à l'être.

Et avec un abandon complet, elle me raconta son histoire.

La nuit était douce, la brise ne soufflait
plus, les feuilles se taisaient pour l'écouter,
la lune ruisselait sur le lac, absolument
immobile maintenant et que ridait seul le
sillage muet d'un grand cygne blanc...

VI

Elle était née à Reims. Elle avait été
heureuse jusqu'à douze ans, ses parents
s'entendant bien et travaillant chacun de
leur côté. Puis le père s'était mis à boire
et la gêne entra dans le ménage, la mère
surmenée tomba malade. Elle traînait
depuis longtemps une terrible maladie
intérieure qui la minait et qu'elle n'avouait
pas, il fallait bien travailler et mieux valait
payer le boulanger que le médecin. Comme

Germaine atteignait ses quinze ans, sa
mère mourut. Ah ! quel chagrin ! et quelle
atroce sensation d'isolement la poignit,
lorsqu'elle rentra, seule, de l'enterrement,
dans la maison morte, le père étant resté
à boire avec des amis, pour, disait-il
« noyer sa peine ». Un an se passa, péniblement. Elle était réduite, tous les sa-
medis, à mendier en quelque sorte au
patron de son père de quoi pouvoir
manger pendant la semaine. Sitôt son
dîner avalé, le bonhomme, tous les soirs,
enfermait sa fille à double tour et courait
au café. Il ne rentrait que dans la nuit,
battant les murs ; et parfois sa fille l'enten-
dait qui s'écroulait dans sa chambre et qui
ronflait là, sur le carreau, jusqu'au matin,
pendant qu'elle, toute la nuit, pleurait sous
ses draps, de peur, de honte et de désespoir.

Aussi avec quelle joie et quelle reconnaissance elle accueillit la proposition de
venir la rejoindre que lui faisait un beau

13

matin une amie établie et mariée à Paris,
et qui lui offrait une place de caissière dans
sa maison.

Mais quelle désillusion ! Il y avait six
mois de cela. Et presque tout de suite
elle s'apercevait que c'était le rôle d'une
« bonne à tout faire » que lui réservait
l'amie, lui faisant durement sentir qu'elle
était à sa discrétion, qu'elle ne savait
aucun métier, qu'elle n'était pas assez
« débrouillarde » pour se tirer d'affaire
et qu'elle « devait s'estimer trop heureuse » d'être acceptée sans gages, pour
la nourriture. Durant trois mois, elle avait
ravalé ses nausées. Puis un jour le mari,
brutalement, lui avait fait comprendre
qu'il la trouvait jolie, et elle avait dû quitter
la maison, pour rentrer presque tout de
suite dans une autre, toujours en qualité
de bonne, après avoir essayé de se présenter comme vendeuse dans un des
grands magasins de nouveautés de Paris :
Mais là encore sa gentillesse lui avait été

funeste, l'employé chef chargé de recruter
le personnel lui glissa en souriant, sur le
point de signer l'engagement : « Mais vous
savez, ma mignonne, qu'il y a une condition
préalable à votre admission dans la
maison ? — Et laquelle ? interrogea naïvement la jeune fille. » Le calicot se leva,
s'approcha d'elle, tout près, tout près, et
lui murmura, tout en lui passant l'index
sous le menton : « — Eh bien, mais, il
faudra coucher avec moi. »

Et depuis, traînant sa beauté comme un
boulet, elle avait passé à travers une demi-
douzaine de ménages parisiens, le dégoût
aux lèvres, la chair de poule à la peau,
souillée de frôlements lascifs, éclaboussée
de baisers furtifs, jusqu'à ce que d'écœurements en écœurements, de nausées en
nausées, elle en arrivât à se jeter dans le
suicide comme dans une délivrance.

Nous montions doucement l'avenue
Daumesnil comme elle terminait ce récit

navré ; elle s'arrêta tout à coup de marcher
et me dit, subitement défiante :

— Mais, où me menez-vous ? Et pourquoi vous ai-je dit tout cela ? Et pourquoi ne m'avez-vous pas laissé mourir ?

Je répondis, plutôt à sa pensée qu'à sa
phrase :

— Je sais comme vous ce que c'est que
d'être seul, absolument seul au monde.
Comme vous je suis depuis longtemps
obsédé par l'affolement de la mort qui dé-
livre. Et ce soir même, peut-être aurais-
je mis à exécution mon dessein depuis
longtemps arrêté d'en finir avec une existence qui me pèse, parce qu'elle est sans
joie, sans intérêt, sans affection. Comment
se fait-il que, décidé à mourir pour mon
propre compte, je me sois interposé entre
votre résolution, à vous, et son exécution ?
Je n'en sais rien. Mais voilà que pendant
que vous me parliez, l'espoir m'est venu
que l'addition de nos deux misères pour-

rait peut-être donn..r un peu de bonheur
comme résultat...

Elle se taisait, ses yeux lumineux atta-
chés fixement aux miens.

— Ah! s'il vous était possible d'avoir
confiance en moi, continuai-je! Ne sentez
vous rien, ne voyez vous rien qui vous
indique que c'est à un ami que vous parlez, à l'ami longtemps espéré, peut-être...

Elle prononça d'une voix lente, songeuse:

— Oui, il y a dans vos yeux une lueur
douce... oui, je me sens attirée vers
vous... C'est singulier, il me semble que
votre voix ne m'est pas inconnue, que je
l'ai entendue déjà, que je vous ai déjà vu,
que je vous connais depuis longtemps, que
je vous retrouve et que je vous *reconnais*,
vous que je ne connaissais pas voilà une
heure. Attendez donc que je me rappelle...
Oui, c'est cela, en rêve, je vous ai vu en
rêve, *je vous vois toutes les nuits*, oui, c'est
bien vous, c'est pour cela que je vous reconnais...

— Depuis combien de temps? demandai-je tout pâle, en songeant qu'il y avait trois mois que l'Apparition qui lui ressemblait tant, venait me visiter toutes les nuits.

— *Depuis trois mois*, répondit-elle... Et mon rêve est toujours le même... Vous êtes couché dans une grande chambre où je n'ai jamais été, il fait nuit, j'entre, et vous restez immobile. Ah! je voudrais tant que vous vinssiez à ma rencontre... J'essaie de parler, de vous raconter mes chagrins, mes lèvres sont scellées par une force invincible ; je ne puis que pleurer, et je pleure... jusqu'au matin, jusqu'au réveil, et je me lève, brisée...

Alors! c'était vrai! c'était elle! Son rêve était, comme le mien, une étrange et inexplicable réalité! Je résolus de ne pas insister, de ne pas chercher à approfondir, sentant que la moindre secousse pouvait être irréparablement funeste aux fissures de mon cerveau par lesquelles filtrait

goutte à goutte ma pauvre raison désor-
ganisée...

Elle s'appuyait à mon bras, maintenant,
inclinant un peu sa longue taille flexible.
Nous débouchâmes sur la place Daumesnil, absolument solitaire à cette heure, et
semblable, avec ses rares becs de gaz cli-
gnotants et ses grands lions glauques, ac-
croupis la tête haute, gardiens immobiles
et majestueux, autour de sa fontaine silen-
cieuse, avec ses maisons mornes sans boutique, ses hôtels muets aux fenêtres
éteintes, et l'orée sombre de ses larges
avenues désertes, à quelque forum de ville
morte abandonnée de la civilisation...

Germaine était restée quelque temps
sans parler, puis elle murmura :

— Je suis bien fatiguée ! Oh ! oui ! bien
fatiguée... Oh ! comme je serais bien, là-
bas ! au fond de l'eau noire !...

Je lui désignai du geste un balcon qui
nous faisait face, au cinquième de la maison
d'angle. Et je lui dis :

— C'est là que demeure votre ami. Voulez-vous qu'il vous offre une fraternelle hospitalité ?

Son long regard bleu se fixa à nouveau sur le mien, j'y crus lire une vague interrogation qu'elle ne formula pas. J'ajoutai :

— Nous aviserons demain.

Elle dit simplement :

— J'accepte, mon ami.

Comme tout cela est singulier ! Et de quels haussements d'épaules ces confidences seraient accueillies des hommes graves, s'ils apprenaient que ce fut sur le bord d'un lac ruisselant de lune où elle allait se jeter romantiquement comme dans un troisième acte de mélodrame, que je rencontrai pour la première fois le seul être que j'aie aimé au monde, l'Ame Salvatrice qui me rattache à la vie et va peut-être m'arracher aux affres de la Folie, comme je l'ai arrachée au néant du suicide...

VII

Notre petite vie s'est installée tout doucement et tout simplement. Mon salon, un
peu transformé, est devenu la chambre
de Germaine, qui a tout d'abord fait beaucoup de façons pour accepter une hospitalité définitive.

— A quel titre et de quel droit ? me disait-elle. Et de quel œil doit me regarder
votre concierge ?

Je ne sais plus quelle explication, très

compliquée en tous cas, j'ai donnée à la
concierge. Peu importe. L'essentiel c'est
qu'elle agit avec un tact parfait. Toutefois,
en protestation de mon « immoralité », la
brave femme feint de ne pas voir Germaine, ne m'en parle jamais, et même,
quand je lui fais remarquer qu'elle a oublié
le couvert de « Madame », elle le met sans
mot dire, en coulant un regard étonné de
mon côté. Mais cette concierge a toujours
été étrange. Il est vrai qu'elle a été habi-
tuée au silence avec moi; je l'ai avertie, en
la prenant à mon service, que je n'aimais ni
les observations ni les interrogations, que
les cancans m'étaient odieux, et les bavardages quelconques très désagréables. Elle
se l'est tenu pour dit. Je ne crois pas avoir
échangé trois mots avec elle depuis les
douze ou quinze mois qu'elle est à mon
service. Son attitude envers Germaine
n'est que la conséquence de son respect
rigoureux de mes ordres. Elle sait qu'il lui
est interdit sinon de s'étonner, du moins

de manifester son étonnement, et ce
qu'elle ne comprend pas, elle le roule dans
son obtuse cervelle, mais ne le formule
pas. Puis-je exiger autre chose ?

Je ne suis plus le même homme depuis
que je l'aime ! Car je l'aime ! je l'aime ! je
l'aime ! Je ne le lui ai pas encore dit, je ne
veux pas le lui dire de longtemps ; notre
situation a tant de charmes. Nous sommes
deux amoureux qui nous promenons sous
le couvert d'un joli petit chemin tapissé de
mousse qui serpente, tortueux et empli de
chants d'oiseaux, à travers la campagne,
et nous ne savons pas où il mène. Nous ne
le savons pas et nous ne voulons pas le
savoir. Le soir, je la reconduis gravement
jusqu'à la porte de sa chambre, et, avec
une révérence très dix-huitième siècle, —
nous avons l'air de danser un menuet, — je
lui dis : « Bonne nuit, mademoiselle ! » Elle
me répond de sa jolie voix claire et
fraîche : « Bonsoir, monsieur ! » Et nous

éclatons de rire. Comme c'est charmant!

Combien de temps cela durera-t-il?

Il faut que cela dure, car cet amour est
le meilleur traitement, le seul, qui puisse
entraver la marche de ma maladie, et —
peut-être, — l'espoir me revient aujour-
d'hui, — amener la guérison. J'ai dû, tout
récemment, lui avouer une partie de la vérité, lui confesser que j'étais malade, et
que ma guérison était dans ses mains, dans
la joie de son sourire, dans le magnétisme
lénifiant de son regard. J'ai dû le lui dire
parce qu'elle m'avait manifesté son intention — bien arrêtée, disait-elle, — de travailler! Je lui ai dévoilé que mon notaire
me servait très régulièrement assez de
rentes pour que nous vivions en paix. Encore même ces rentes, tout dernièrement,
avaient-elles très sensiblement augmenté,
le notaire ayant trouvé, me disait-il, un pla-
cement avantageux. Et je conclus : « Tra-
vaillez tout simplement à notre bonheur. »

Et, plus bas, d'une voix tremblante : « Travaille à ma guérison, c'est presque fait, ne
m'abandonne pas. »

— Ah ! dit en balbutiant un peu et
en rougissant extrêmement la chère mignonne, vous m'avez tutoyée. »

J'en demeurai, en vérité, plus ému
qu'elle, et je pataugeai gauchement dans
une explication embrouillée dont elle me
dégagea à la fin par un éclat de rire...

Ah ! ce rire, c'est le salut !...

Les semaines passent. Je lui fais la
cour ! C'est très drôle. Je me mets en frais
d'esprit et de galanteries inédites. Son in-
génuité est un piment peu commun ; et ses
rougeurs subites, et l'alanguissement ou
l'éclat de ses yeux où se reflète son âme
naïve et neuve, me guident sûrement vers
la conquête de ce petit cœur confiant. Et
tandis que convergent vers ce but toutes
les forces de mon être pensant et sensa-
tionnel, l'angoisse de la folie montante des-

serre un peu le carcan de son étreinte et me laisse respirer.

Ah! certes, je ne me croyais plus susceptible d'une idylle pareille! En quel mois sommes-nous ? Je ne sais plus. Tout ce que je sais, c'est qu'il y a des feuilles aux arbres et des oiseaux dans les feuilles, des fleurs dans les halliers, du soleil et de la joie partout. Ce bois de Vincennes! mais c'est une forêt, des lierres grimpent aux flancs des vieux troncs, des mousses vertes avivent les tons plâtreux des lichens morbides, des fourrés s'embroussaillent. et des verdures s'assombrissent devant vos pas, tout d'un coup, comme on n'y pensait guère, jetant un toit impénétrable et un rempart propice aux amours timides.

Lui ai-je dit que je l'aimais ? Je n'en sais rien ; et puis à quoi bon ? Nos mains et nos yeux ne nous ont-ils pas trahi à défaut de nos bouches, et les fusées de joie qui irradient de son regard, et la gaieté débordante

et communicative de son intarissable babil,
ne crient-ils pas d'ailleurs qu'elle le sait de
reste et qu'elle y consent, et qu'elle s'en
éjouit, et qu'elle se laisse glisser à la dé-
rive sur les flots azurés de ce beau fleuve
d'amour qui nous emporte vers je ne sais
quels radieux lointains ?... Ah! mais! qu'il
nous emporte donc où il voudra, puisque
c'est ensemble !...

Je n'ai pas vécu jusqu'à ce jour. Vivre,
c'est aimer. L'amour, c'est le Port. Ceux
qui aiment sont arrivés, les autres res-
semblent à ces bipèdes affairés et fiévreux
qui font les cent pas dans les gares, et se
démènent, essoufflés, rouges, balbutiant,
butant aux portes, hannetonnant à toutes les
vitres, coudoyants et coudoyés, bouscu-
lants et bousculés : ils attendent le train,
ils l'attendent toujours, et meurent là,
dans la salle d'attente, toujours affairés,
sans être partis.

J'aime et je vis. Je vis si vite et si lentement à la fois, que je ne sais plus ce que

sont les semaines. Il me semble tout en même temps que j'ai toujours, toujours connu Germaine, et que c'est hier que s'est joué le drame du lac. Elle semble faire partie si intégrante de ma vie, de mon existence, de mes besoins, de moi-même, que je ne puis me passer d'elle une minute. Ma *moitié!* C'est bien ma moitié, en dépit de l'allure bourgeoise de cette expression. Je ne trouve rien qui rende mieux ma pensée et la sensation de bien-être que j'éprouve en sa présence, doublée d'un sentiment de mal-être indéfinissable lorsqu'elle s'éloigne de quelques pas. Si je croyais aux théories kabbalistes, je dirais que Germaine est tout simplement, — tant elle est moi-même, — mon propre corps astral auquel mes sens donnent une apparence visible pour moi seul, et certainement l'éloignement de ce corps astral au delà d'une certaine limite, hors de portée de la vue par exemple, ce serait la mort pour moi.

Les vieux penseurs de la Chaldée croyaient que, dans les origines nébuleuses de l'humanité, l'hermaphrodisme a précédé la séparation des sexes. Dans toutes les cosmogonies sémitiques les premiers êtres sont hermaphrodites. Platon ne dit-il pas, dans le *Banquet* : « Jadis la nature humaine était bien différente de ce qu'elle est maintenant. Au commencement, il y avait trois espèces d'hommes, non deux comme aujourd'hui, mâle et femelle, mais une troisième composée de ces deux sexes; le nom seul de cette espèce est resté; elle-même a péri. Il y avait donc alors un androgyne d'apparence et de nom, qui réunissait le sexe mâle et le sexe femelle; il n'existe plus, et son nom est un opprobre. Puis, tous les hommes présentaient la forme ronde ; ils avaient le dos et les côtés rangés en cercle, quatre bras, quatre jambes, deux visages supportés par un cou arrondi et parfaitement semblables, une seule tête qui réunissait ces deux vi-

sages opposés l'un à l'autre, quatre oreilles, deux organes de la génération, et le
reste dans la même proportion. Les andro-
gynes marchaient tout droit, comme nous,
et sans avoir besoin de se tourner pour
prendre tous les chemins qu'ils voulaient.
Quand ils voulaient aller plus vite, ils s'ap-
puyaient successivement sur leurs huit
membres et s'avançaient rapidement par
un mouvement circulaire, comme ceux
qui, les pieds en l'air, font la roue... Ils
étaient redoutables par leur force corpo-
relle et par leur courage, ce qui leur ins-
pira l'audace de monter jusqu'au ciel et de
combattre contre les dieux... Zeus exa-
mina avec les dieux ce qu'il y avait à
faire ; ils hésitaient. Les dieux ne voulaient
pas anéantir les hommes comme autrefois
les géants, en les foudroyant, car alors le
culte et les sacrifices que les hommes leur
offraient auraient disparu ; d'autre part, ils
ne pouvaient souffrir une telle insolence. »
Zeus, alors, pour diminuer les forces des

hommes, les sépara en deux, et Apollon
parfit l'œuvre du grand dieu en façonnant
le ventre avec les peaux coupées et en
articulant la poitrine. Dans la cosmogonie
babylonienne de Bérose également, les
« hommes à deux faces, à deux têtes, l'une
d'homme, l'autre de femme, sur un seul
corps, et avec les deux sexes en même
temps », sont les êtres qui ont précédé
l'humanité actuelle.

L'agitation humaine n'est pas sans but.
Les générations se succèdent, aussi fé-
briles, aussi affairées ; c'est que l'homme,
dédoublé par Zeus, ne peut être heureux
que *complet*. Il consume sa vie à la recherche de sa « moitié », qui cherche, elle
aussi, de son côté. Quand ces deux âmes
en peine se retrouvent, c'est l'Amour, le
Repos, la Quiétude. Tous les rites de
l'Amour ne sont autre chose que des symboles ; la fusion des deux sexes en un être
unique, le simulacre de la reconstitution
de l'hermaphrodite originaire. Et de

l'amère constatation de l'impuissance et de
l'inutilité de ses efforts, découle pour
l'homme la tristesse consécutive à l'acte,
notée par les philosophes qui n'ont pas
cherché à l'expliquer. *Omne animal post
coïtum triste.*

Dans la vie, beaucoup sont malheureux
parce qu'ils ont choisi une moitié qui ne
s'adapte pas, la moitié qui n'est pas à eux,
qui est à autrui. Et ils repartent irrésistiblement pour des recherches nouvelles :
de là, l'adultère. Don Juan a *cherché* toute
sa vie.

Moi, je n'ai pas cherché, puisque ces
pressensations ne me sont venues qu'*après*.
J'ai trouvé. Germaine est mon « âme-
sœur ». Nous mourrons le même jour. La
Main de la Coïncidence, — mais les coïncidences sont les effets différents et éloi-
gnés d'une même cause invisible, — ne
nous a-t-elle pas déjà arrachés, le même
jour à la même mort, au même endroit ?

C'est mon Ame-Sœur. Et nous sommes

si totalement annihilés l'un et l'autre, si
exactement fondus en un seul être, en une
unique Entité, que parfois sa parole répond
à ma pensée à peine formulée, et son
geste à mon désir pas même exprimé. Nos
psychologies sont intimement et étroite-
ment enlacées, enroulées l'une autour de
l'autre; il y a de l'une à l'autre des anas-
tomoses nerveuses, des adhérences de
fibres indestructibles; il y a de mon cerveau au sien des endosmoses de pensées,
d'idées, de résolutions, de son cœur au
mien un flux et un reflux de sensations
identiques qui font que notre hermaphro-
ditisme intellectuel et moral est à la veille
d'être reconstitué...

C'est une vie qu'il est impossible de
s'imaginer ni de décrire, une vie de délices intellectuelles, de sensations rares,
de chastetés radieuses; car nous en sommes toujours au prologue de notre mer-
veilleux poème d'amour. Notre amour fait
l'école buissonnière dans les halliers du

Platonisme. Pourquoi descendre des hau-
teurs du Rêve pour patauger dans la
boueuse Réalité ? Il me paraît que je ne
l'aimerais plus. Et je veux l'aimer, l'aimer,
l'aimer toujours...

.   .   .   .

VIII

Il est revenu. Un si rare bonheur aussi
pouvait-il durer ? Une si parfaite joie, une
tranquillité si absolue pouvaient-elles être
éternelles ? J'ai cru un instant que sa venue
à Elle allait me sauver... mais j'avais
compté sans mon hôte. Mon hôte ! Ah !
oui, mon hôte, car *il m'habite* de plus en
plus, car il s'infiltre dans mes veines et
dans mes muscles, car il s'insinue dans les
fibres les plus ténues, dans les ramifications

dernières de ma volonté. *Il* est revenu. Je
l'ai *senti* distinctement revenir. Hier matin.
Je ne dormais plus, mais je n'avais pas
encore ouvert les yeux. Mon esprit flottait
dans cet état de brume, dans ce demi-
sommeil conscient et alangui où je me
complais à cause de l'éloignement dans
lequel on est du monde extérieur. Tout
à coup, je fus étreint d'une angoisse si violente qu'il me sembla que j'allais m'éva-
nouir; mais c'était si peu un évanouissement
que mes yeux grands ouverts distinguèrent
parfaitement que j'étais dans ma chambre
et que j'étais réveillé. Cette poignante
douleur était tellement intense qu'elle avait
occasionné en quelque sorte une syncope
nerveuse et musculaire si absolue qu'il me
fut longtemps impossible de remuer même
le bout du doigt ; ma respiration même
s'était arrêtée, de grosses gouttes de sueur
glacée me roulaient le long des tempes, et
je sentis que j'étais repris de l'Épouvante
effroyable de jadis, l'Epouvante que faisait

sourdre en moi goutte à goutte l'approche de la Folie. Et en même temps, je sentis nettement qu'*IL reprenait possession de moi.*

(*Il* doit se tapir dans le « plexus solaire »; c'est quand il en débusque que se produit cette dépression nerveuse aboutissant à cette angoisse si effroyablement suffocante.)

Il glissa du plexus solaire dans le poumon. Je le sentis ; et immédiatement les muscles du thorax se mirent à jouer, l'angoisse respiratoire disparut, mais l'anxiété morale de mon vrai Moi s'agrandissait...

Allons, je deviens fou, c'est irrémissible, pensai-je, ayant repris mon calme. Un Être habite en moi, *m'habite*, qui n'est pas moi, qui n'a ni mes goûts, ni mes désirs, ni ma pensée.

J'avais peu à peu reconquis mes forces. Je secouai l'engourdissement qui me garottait, je courus à ma glace... Oui ! oui ! *il* était bien là ! Il avait repris possession

de moi. Je ne pouvais plus douter mainte-
tenant. *Je le voyais!* Ce regard bleu sans
prunelle, luisant et inquiet, était bien le
sien et non le mien, ces traits *récomposés*,
cette bouche tordue en un rictus mauvais,
étaient bien à lui et non à moi. Je ne reconnaissais rien de ce visage, à ce point
changé depuis la veille, — depuis qu'il
était là, — que si je l'avais vu autre part
que dans la glace de ma chambre, je l'aurais pris pour celui d'un autre.

Et n'était-ce pas d'ailleurs celui d'un
autre, puisque cela n'était pas le mien?

Je voulus immédiatement, par une expérience décisive, corroborer ma certitude.
Germaine devait être levée, j'allais me
présenter à elle...

A son attitude, je verrai bien si les per-
turbations qui ont bouleversé ma physionomie sont aussi évidentes que je le suppose. Je frappe à sa porte. Et je l'appelle :

— Toc, toc... Germaine!... Germaine!...

Tiens !.. Rien ne bouge, et personne ne répond...

— Germaine ! Germaine !!!

— Ha ! ha ! ha ! ha !

C'était LUI qui riait. Parbleu ! J'étais bien sûr qu'il était là ! Il avait beau ne pas donner signe de présence, je le sentais en moi à des *soubresauts intérieurs* particuliers, à des *mouvements visceraux* inexplicables et horriblements pénibles, à des contractions spéciales de certains muscles, inertes d'ordinaire.

Mais, chose singulière, ce rire, *son* rire, ne sortait pas de ma gorge, je ne l'entendais pas non plus par *l'oreille* ; je l'entendais pourtant, ou plutôt je le *percevais*, distinctement. C'était, absolument, un rire *interne.*

Et à chaque vibration de ce rire sarcastique correspondait une contraction spasmodique de mon diaphragme d'où il émanait très évidemment.

L'étrangeté et la nouveauté du phéno-

mène m'interloqua une seconde, mais l'anxiété de savoir pourquoi Germaine ne me
répondait pas fut plus forte que mon étonnement, et j'entrai brusquement dans la
chambre...

En même temps que je poussais ce ah !
de stupeur, ma *voix diaphragmatique, Sa*
voix, à *Lui,* jetait son ricanement strident :

— Ha ! ha ! ha ! ha !...

Non seulement Germaine n'était plus là,
— et où pouvait-elle être ? — *mais sa*
chambre était redevenue le salon de jadis,
c'est-à-dire que l'ancien salon avait exactement repris son ancienne physionomie.
Il ne demeurait plus la plus petite trace, le
plus imperceptible vestige de la présence
et même du passage d'une femme. Dans
les placards, dans les meubles, plus de
robes, plus de fanfreluches, plus de bibelots...

Il faisait froid comme en Décembre et

peut-être neigeait-il dehors... Je crus que
j'allais mourir... Des cloches se mirent à
sonner dans ma tête et j'entendis au milieu
du carillon *sa voix à lui* qui chantonnait,
s'accompagnant de mes bourdonnements
d'oreilles :

Ha ! ha ! ha, nigaud !
Te voilà quinaud !

— Ainsi, elle était partie ! Pourquoi ?
Moi qui l'aimais tant ! Nous roucoulions
une si suave idylle !

— Ha ! ha ! ha !

— Je l'aimais d'un amour si tendre, et
si respectueux.

— Justement, imbécile ! elle voulait
autre chose.

— Infâme !

— Idiot !

— Oh ! je vais savoir par où elle est
allée, courir après.

Et je bondis dans l'escalier.

— Je vais interroger la concierge.

14.

— Je te le défends.

— Ah ! par exemple, je me moque bien de tes défenses.

— C'est ce que nous allons voir.

Je descendais les étages quatre à quatre. Et à mesure que je me rapprochais de la loge, sa voix montait du diaphragme dans le poumon, du poumon dans les bronches, des bronches dans le larynx. Je la sentais rouler comme une boule oppressive et tyrannique qui çà et là vibrait dans les cordes tendues de mes nerfs exaspérés et qui résonnaient douloureusement. Et toujours cet ordre impérieux : —« Tu ne diras rien à la concierge ». Et je sentais la suggestion m'envahir, dissoudre peu à peu, globule à globule, mes velléités de révoltes ; je sentais ma volonté s'assouplir malgré Moi ; et dans ma pensée, à la place de l'ancienne phrase que j'avais préparée, *j'entendis* se formuler une autre phrase, très vague encore, non encore articulée, mais déjà *autre* que celle que je voulais ;

une phrase qui *remuait déjà dans ma langue* et qui s'agitait comme pour sortir ; et lorsque je pénétrai dans la loge, je sentis que les muscles de ma bouche se contractaient en dehors de mon influence, et j'entendis mes lèvres prononcer, d'une voix rauque, qui n'était pas la mienne, cette phrase *que je n'avais pas pensée :* — « Avez-vous une lettre pour moi ? »

Dans un état d'exaspération impossible à relater, je raidis tout ce qui restait de mon Moi pour crier malgré *lui* l'autre phrase que je voulais dire, mais elle n'*était plus dans ma mémoire*. Il me fut impossible de la retrouver. La contraction de mon effort et de ma rage ne réussit qu'à me faire pousser un cri inarticulé qui parut terrifier la concierge. Je compris que la lutte était impossible, et je me sauvai dans la rue, tremblant de fureur, et roulant dans ma tête des projets meurtriers.

Oh ! je *le* tuerai. Comment ? et quand ? je n'en sais rien ; car il est évident que cela va être difficile, mais j'y réfléchirai...

Je rentrai au bout de quelques heures, exténué de ma course, mais un peu rasséréné, l'esprit plus calme, la vision plus nette, la perception moins obstruée. *Il* semblait rentré dans son plexus solaire ; je me récupérais ; les muscles de ma langue, libres, souples, jouaient à mon gré ; je m'en assurai en chantonnant le long de l'escalier, et je chantonnais ce que je voulais.

Serait-ce donc qu'il ne pouvait encore me maîtriser que par moments ?

Comme j'arrivais au quatrième, il me sembla que j'étais joyeux comme si aucun souci ne bourdonnait dans ma tête. Je gravis lestement le premier étage, le cœur un peu serré... Voilà que j'avais maintenant la *certitude* de retrouver Germaine. C'était impossible, puisque, la seule clef de l'appartement, je la tenais dans la main ; et pourtant, comme, tout doucement, je l'introduisais dans la serrure, j'entendis une

voix, sa voix à Elle, la voix de Germaine,
qui fredonnait mon air de tout à l'heure.
l'air que je chantais en grimpant l'escalier.
Violemment je poussai le battant de la
porte et je la vis ; et je criai, avec une
joie intraduisible :

— Germaine !

Elle parut surprise de ma joie et doucement, de sa voix habituelle, où vibrait
pourtant les trémolos d'une émotion inac-
coutuméè, me dit :

— Mais qu'avez-vous, mon ami ?

Je réussis à calmer mon trouble, et,
après un combat de quelques instants, me
résolus à ne rien lui dire, à ne lui demander aucune explication, afin, dans le cas
où elle ne serait pas réellement partie, —
je m'agite dans un tel chaos d'invraisem-
blances que tout est possible, — de ne
pas lui en suggérer l'idée. Je lui répondis
seulement :

— Ah ! mon amie, je vous aime tant,
que lorsque je vous quitte quelques ins-

tants il me semble que la Vie et la Raison
se retirent de moi.

L'explication, je ne me la demandai pas
à moi non plus. J'ai *peur*. Je ne veux plus
m'aventurer sur la corde raide de l'analyse.
J'ai peur. Je suis rentré dans sa chambre.
L'ancien salon avait reperdu sa physionomie de pièce triste. Il était redevenu sa
chambre, égayée de ses bibelots, ensoleil-
lée de ses fanfreluches. Il y faisait chaud,
et j'y respirais un air doux, qui dilata mes
poumons.

Mais pourquoi, tantôt ?...

Je ne comprends pas, je renonce à comprendre...

J'ai peur... !

Mais *Elle* est là. Que m'importe le reste ?

————

IX

Je suis *jaloux !...* oui, jaloux ! C'est bien
le mot, si étrange qu'il paraisse, si peu
explicable que ce soit. Ce n'est pas *Moi*
qu'elle aime, c'est *Lui*. Et je ne puis m'en
plaindre. Et, le pourrai-je, que je n'ose-
rais, tant je redoute qu'une récrimination
amère la porte à des extrémités fâcheuses,
la détermine à la fuite. Je ne puis m'en
plaindre parce qu'aujourd'hui *Il* me tient
tout entier, il me possède, il s'est infiltré

à ma place, il m'annihile... C'est ainsi qu'elle l'aime, *Lui*, croyant m'aimer, *Moi*...

Je puis cependant penser encore. Je puis même formuler mes pensées sur les feuillets de ce journal de mon agonie, mais toute parole m'est interdite.

Quand j'ouvre la bouche, c'est sa voix qui fait entendre, à l'aide de mon larynx, des paroles que je ne voulais pas dire. Mes muscles concourent aux gestes qu'il veut, mes jambes le mènent aux endroits qu'il a choisis, et ma rage se consume en velléités de révolte impuissante, dont les convulsions muselées ne peuvent même pas être perçues à la surface.

J'ai bien pensé, ne pouvant plus lui parler, à écrire à Germaine, pour lui révéler le trouble dans lequel je me débats et je meurs, mais ne va-t-elle pas s'en épouvanter et fuir ? J'ai renoncé à la lutte contre l'Être qui m'envahit, venu je ne sais d'où, et installant sa personnalité, tenace et invincible, à la place de la mienne. L'in-

filtration est lente, mais elle est incessante.
Aucun muscle de mon visage ne m'appartient plus. *Je* ris et je pleure quand *il* veut.
Les traits que me renvoie ma glace, le regard assombri de mes yeux, ne sont plus
les miens. *Il* a coupé ma barbe et rasé mes
cheveux pour que la dissemblance soit
plus frappante ; *Il* porte les couleurs que
j'abhorre et les redingotes que j'abomine ;
Il mange les mets qui jadis me soulevaient
le cœur ; *Il* me lève le matin, moi qui
adore faire la grasse matinée et m'interdit
les lectures qui pourraient recaler un peu
mon pauvre esprit disjoint.

Eh bien, lorsque c'est *lui* seul qui parle,
Germaine l'écoute avec des langueurs et
des attendrissements voluptueux, ses beaux
yeux ne quittent pas les siens et *leurs bras*
s'entrelacent.

Je suis jaloux !

— « Ah ! que je t'aime *maintenant*, lui
dit-elle. Dans les commencements, tu m'as
longtemps paru bizarre et j'avais même un

15

peu peur de toi. Et puis, il faut que je te le
dise, tu étais un peu bébête ; c'est à peine
si ta main osait serrer la mienne. Aujour-
d'hui, te voilà enfin comme je te désirais et
nous nous aimons bien. »

Je suis jaloux. J'assiste impuissant à ces
épanchements. Il me semble que ma volonté se roule et se convulse dans un
corps paralysé. Ces mains dont les muscles
sont miens et dont le geste est à lui, je ne
puis leur interdire certains sacrilèges ; ces
lèvres, il les unit, à son gré, aux siennes,
alors que moi je n'aurais pas osé en effleurer
sa joue.

J'ai compris *son* but. Non seulement *il*
veut me prendre Germaine, mais il cherche
à se substituer à moi, à remplacer ma personnalité par la sienne, à mettre mon âme
à la porte de mon corps pour y loger la
sienne.

Et je sens qu'il n'est pas éloigné de ce
résultat. Je constate un changement, tous
les matins, une aggravation très diffici-

lement traduisible. Il me semble que le
monde extérieur est plus loin de moi, je
ne l'aperçois plus qu'au travers d'un voile
à demi transparent, qui rend les objets
troubles, louches et tremblotants. Il me
devient de plus en plus difficile de préciser
une sensation à mesure que les moyens de
perception me manquent. En y réfléchis-
sant toutefois, j'ai fini par me rendre
compte de ma situation. Je suis simple-
réduit à l'état de « constateur de sensations ». Je les sens passer en quelque sorte
le long des filets nerveux, mais il m'est impossible d'y répondre par un ordre réflexe.
Mon bras serait placé sur un poële rouge
que je ne souffrirais pas de la brûlure. Je
constaterais tranquillement que je brûle, —
comme si c'était un autre, — et je ne
pourrais rien faire pour retirer mon bras.

Je me regarde marcher, manger, dormir,
avec désintérêt. La seule chose qui soit
susceptible de provoquer mes rages inté-
rieures, c'est l'amour évident de Germaine

pour *lui*. Je prévois le moment où, vaincue
par les circonstances, elle se donnera à
lui... Et ce jour-là, je le sens, — et c'est
peut-être la seule chose, la dernière dont
je sois sûr, — je *les* tuerai.

. . . .

La brume qui m'entoure s'épaissit. C'est
à peine si j'y vois à tracer ces lignes, et
cela me coûte un pénible effort. Cette
brume est plutôt comme une eau verte
dans laquelle je nage, comme une molle
gélatine dans laquelle je me dissous, et
qui me pénètre par tous les pores, émous-
sant toutes les sensations au point que chez
moi l'ouïe et la vue sont presque abolies.

Il me semble que mon âme tombe en
déliquescence...

. . . .

C'est fini, je suis *dépossédé*. Nous ne
sommes plus deux dans ce misérable corps.
Il y est tout seul. *Je suis dehors.* Je l'aperçois
très distinctement, *lui*, là-bas, alors que je
suis ici; la brume d'hier s'est dissipée, mes

sensations sont redevenues presque nettes.
Je dis : « je l'aperçois ». Et je songe : « avec
quels yeux ? puisque je suis *dehors*. » Je
dis : « mes sensations sont nettes », mais
avec quels organes les enregistré-je puisque
mes organes, c'est lui qui les possède,
puisque je flotte, à cette heure, dans l'at-
mosphère, impalpable et invisible, simple
esprit dégagé de la matière, transportable
en une seconde à l'autre bout de la terre.
Il est *chez moi*, Lui ; il a réussi à me
chasser. Et c'est un soulagement que
j'éprouve à me sentir libre, dégagé de
toute préoccupation matérielle, de tout
lien avec le monde extérieur.

De tout lien, non ! Il est comme un fil
invisible et inexplicable qui me relie à ce
corps que je vois dormir en ce moment
là-bas, à l'autre bout de la chambre, sur
mon lit, avec un jeu paisible et doux des
muscles de la poitrine.
Je sens que son Être n'est pas né-

cessaire à ma vie spirituelle, mais que son corps, je ne puis encore le perdre de vue. Par ce fil, ténu et fragile, des sensations passent encore, très confuses, qu'il me serait impossible d'analyser, mais assez analogues à celles qu'on éprouve en rêve, lorsqu'on veut courir pour échapper à un danger et qu'il vous semble qu'on fuit avec des bottes de plomb.

Mais je n'ai pas encore rompu toute relation avec Lui. Cette relation, je la romprai. Il faut que je la rompe. Il faut que je le tue, ce double voleur, qui m'a volé mon amour et mon corps.

Mais le voici qui s'éveille. Et qui se lève. Où va-t-il ? Chez Germaine ?... Ce regard allumé, cette allure louche me renseignent assez sur ses intentions... Il frappe... Et la voix douce de l'Aimée répond sans hésitation : « Entrez. »

Elle semble en vérité l'attendre, les bras ouverts, la bouche humide et souriante, les yeux gais :

— Ah ! c'est toi, dit-elle, quel bon réveil !

Et l'impudique ne songe pas aux traî-
trises de sa chemisette complice qui
baille...

— Te souviens-tu du jour où tu m'as
sauvée de la plus épouvantable des
morts ?... Ah ! je ne veux plus mourir,
maintenant que nous nous aimons...

Ils sont enlacés, bouche contre bouche,
poitrine contre poitrine. Et je n'entends
plus qu'un murmure confus de baisers et
de soupirs extasiés...

. . . .

X

Je les ai tués. Ils dormaient, exténués d'amour. Je les ai tués. Il le fallait. Elle d'abord. Sa tête tournée vers lui, sa bouche unie à la sienne dans le sommeil, offrait une carotide tentatrice. D'un coup de rasoir je l'ai tranchée. Son corps n'a pas bougé, mais par la plaie béante tout son sang a coulé, dont se rassasiaient les draps blancs... Et peu à peu, son visage rose a blêmi, il est devenu blafard, livide, et son

nez s'est pincé, et ses yeux se sont ouverts;
le rideau de ses paupières s'est soulevé,
tiré aux angles par la Mort...

« Ha! ha! » c'est à mon tour de rire!

Et je prends mon temps, et je ne me
dépêche pas, car son tour va venir, au voleur.

Sa carotide est belle et le lit se désal-
térera...

— Ha! ha! rira bien qui rira le dernier!

Il vient de pousser un soupir. Allons,
mon beau rasoir, que ce soupir soit le dernier. « Ha! ha!... » Oh! Oh! ma joie, sois
discrète, ne le réveille pas...

> La carotide est belle,
> La lame va briller ;
>   A sa clarté,
>   En liberté,
> Amis, allons rêver...

Tout doucement, tout doucement, le
rasoir s'approche à un millimètre de l'ar-
tère...

Et tout doucement, je lui soulève les

paupières pour mirer une dernière fois dans ses yeux exécrés mon regard sans organe.

Ah ! j'ai vu son œil glauque !... une lueur s'y est allumée et une terreur aussi... M'a-t-il vu, Moi l'invisible ? A-t-il pressenti que j'étais la Mort...

Giiiiii ! Le sang a giglé, plaquant une tache rouge au mur. Ses yeux, ses yeux exécrés, une seconde ont roulé dans leur orbite... Il est mort...

Sous le lit, j'entends goutter, floc !... floc !... le sang de Germaine...

Et maintenant, à mon tour ! Puisqu'Elle est morte, *Elle*, mourons aussi, Moi ! un coup de rasoir et tout à l'heure il y aura ici trois cadavres ; trois cadavres dont le sang gouttera dans le silence, floc !.. floc !...

Allons, adieu la Vie !...

FIN DE « LA CONFESSION D'UN FOU »

ÉPILOGUE

Sous ce titre : *Une affaire mystérieuse,* voici ce qu'on lisait dans les journaux d'alors.

Premier extrait. — « La concierge du numéro 34 de la place Daumesnil, en pénétrant avant-hier dans l'appartement d'un de ses locataires, Monsieur D., dont elle faisait le ménage, le trouva baignant dans une mare de sang. Elle appela au secours, et envoya chercher un médecin qui ne put que constater la mort. Le malheureux s'était tranché la gorge avec un rasoir. »

Deuxième extrait. — « Nous reviendrons demain sur le drame de la place Daumesnil qui présente des particularités bizarres, qui n'étaient pas apparues tout d'abord ».

Troisième extrait. — « Nous avons fait une enquête approfondie sur la mystérieuse affaire de la place Daumesnil et nous pouvons enfin renseigner complètement nos lecteurs.

« Le suicidé s'appelle Marie-Joseph Daucy. C'était un jeune homme d'une trentaine d'années environ, d'allures singulières mais de vie très tranquille et vivant d'une pension qu'il recevait régulièrement de province, par lettre recommandée, de sa famille probablement. La concierge était chargée de lui faire son ménage et de lui préparer les deux repas

qu'il prenait par jour. Nous l'avons inter-
rogée, elle a bien voulu nous donner quelques renseignements. Nous expliquerons
tout à l'heure comment les documents
recueillis éclairent d'un jour mystérieux
ce drame dont on ne saura peut-être
jamais le fin mot. Disons tout de suite
que lorsque la concierge a aperçu le cadavre, il était étendu sur le dos, dans une
flaque de sang, la gorge béante, un rasoir
entre ses doigts crispés. D'après les cons-
tatations légales, M. Daucy se serait
tué étant assis devant une petite table sur
laquelle était encore ouvert un manuscrit
interrompu brusquement. La dernière
phrase est inachevée. La plume jetée violemment ou tombée des doigts a déterminé
six macules régulières sur la dernière page
du manuscrit. Ce manuscrit, nous avons
pu nous le procurer; c'est un véritable
roman, mais nous n'osons lui appliquer
aucune épithète.

Ajoutons toutefois que le manuscrit

parle longuement d'une certaine Germaine qui aurait habité avec Daucy, et qui aurait couché précisément dans la pièce où s'est passé le drame. Or, cette pièce, d'après la concierge, a toujours conservé sa destination et son aspect de salon. Il était meublé très simplement de quelques sièges, d'une bibliothèque et d'une petite table carrée, celle où écrivait M. Daucy la seconde d'avant son suicide.

« Daucy, dans ledit manuscrit, prétend avoir assassiné cette jeune fille ; or, non seulement on ne trouve aucun vestige de la présence ou du passage d'une femme dans l'appartement, mais en outre, la concierge affirme catégoriquement que jamais *aucune femme, à aucune époque*, n'a pénétré chez Daucy. Elle est d'autant plus à même de faire cette constatation qu'elle avait, je le répète, le soin du ménage de son locataire. L'assassinat de Germaine es son existence même est donc une pure fiction.

« Nous disons *fiction*, car il nous ré-
pugne de discuter même l'hypothèse
émise ce matin par un de nos confrères,
journal très grave cependant et d'ordinaire mieux inspiré, et qui imprimait tex-
tuellement ceci :

« Peut-être ce personnage de Germaine n'est-il autre qu'un de ces êtres
mystérieux dont parle dans son traité de
la *Démonialité* le R. P. Louis-Marie Si-
nistrari d'Ameno, une de ces « créatures
raisonnables autres que l'homme, ayant
comme lui un corps et une âme, naissant
et mourant comme lui, rachetés par Notre
Seigneur Jésus-Christ et capables de salut
et de damnation. » En un mot, un *succube.* »

« Nous avouons pour notre compte,
préférer l'explication par l'hallucination,
(hallucination il est vrai complexe, et
ayant exigé le concours de tous les sens),

à cette explication par le succube, explication peut-être orthodoxe, mais assurément inscientifique.

« Marie-Joseph Daucy, toujours d'après
les renseignements donnés par la concierge, était bizarre, il parlait souvent
tout seul, il avait des manies singulières,
mais qu'elle avait toujours respectées. Le
jour où elle était entrée à son service, il
lui avait dit, après lui avoir expliqué ce
qu'elle avait à faire : « Je dois vous avertir
que je déteste les bavardages. Faites-donc
votre service sans me dire un mot. J'ai
des manies, respectez-les sans les discuter. » Elle avait obéi. C'est ainsi qu'un
jour il lui recommanda de mettre deux
couverts, parce que désormais il aurait
quelqu'un à manger avec lui : une femme.
Eh bien, cette femme n'avait jamais paru.
Et pourtant quand son couvert était oublié,
il le lui faisait remarquer. Parfois il avait
des yeux qui lui faisaient peur. L'expression de son visage changeait, *il ne se res-*

semblait plus. D'ailleurs, il paraissait s'en apercevoir, et s'en allait, ces jours-là, se regarder dans la glace. Là, il montrait le poing à son image, et s'écriait, en serrant les dents et en contractant sa bouche : « Cochon ! cochon ! cochon ! »

« La veille de sa mort, il lui parut plus bizarre encore que d'habitude. Il était triste, absorbé, et ne mangea presque pas. Elle lui demanda à plusieurs reprises s'il était malade, il ne parut pas entendre. Du reste, il y a bien une quinzaine de jours que, suivant l'expression de la bonne femme, « le commencement en est. » Ses habitudes étaient totalement bouleversées. Il ne sortait plus, se levait matin, lui qui, naguères, restait au lit jusqu'à onze heures, et lui redemandait précisément pour ses repas tout ce que, auparavant, il déclarait ne pouvoir souffrir.

D'autre part, d'abord très sobre, il faisait, ces derniers temps, une consommation immodérée de cognac, et le pharma-

cien du quartier avoua lui avoir livré depuis plus d'un mois une quantité effroyable
de morphine. Peut-être doit-on voir là
l'explication de cette hallucination si complexe qu'il avait humanisée sous le nom de
Germaine.

« Enfin, à s'en rapporter au manuscrit,
M. Daucy aurait habité son appartement
depuis environ *deux ans*, et la concierge
nous affirma qu'il y avait juste deux termes
qu'il avait emménagé.

Bref, nous avouons notre impuissance à
élucider si nous sommes en présence d'un
mystificateur ou d'un fou.

5652. — ABBEVILLE, TYP. ET STÉR. A. RETAUX. — 1890.

www.ingramcontent.com/pod-product-compliance
Lightning Source LLC
Chambersburg PA
CBHW071813020726
47502CB00004B/1098